Caminos peligrosos

Emile de Harven

Illustrations by
Joseph R. Bergeron

Language Consultant:
Fabiola Franco

EMC Corporation
St. Paul, Minnesota

Library of Congress Cataloging in Publication Data

De Harven, Emile
  Caminos peligrosos.

  French translation has title: Chemins dangereux; German translation has title:
Gefährliche Wege.
  SUMMARY: Twenty episodes for the beginning-intermediate student of
Spanish follow thieves of pre-Columbian artifacts from Buenos Aires to Yuca-
tan.
  1. Spanish language—Readers. [1. Spanish language—Readers. 2. Mystery
and detective stories]   I. Title.
PC4117.D3174   468'.6'421   75-38833
ISBN 0-88436-259-0

Published 1976
Published by EMC Corporation
300 York Street, Saint Paul, Minnesota 55101
Printed in the United States of America
11 12 13 14 15 16 97 96 95

Table of Contents

Introduction

Caminos peligrosos is a suspense thriller of international intrigue written in twenty short episodes. This mystery follows art thieves from the back alleys of Buenos Aires to a treacherous border crossing in Yucatan in search of valuable pre-Columbian artifacts.

The program is intended for beginning-intermediate Spanish students. With the accompanying book, seven recordings (tapes or cassettes) and a comprehensive Teacher's Guide, the program will help the student to improve his ability to speak Spanish and to understand it when spoken naturally by Spanish-speaking people.

Caminos peligrosos covers progressively the most common patterns of speech in everyday Spanish. Each episode contains, besides highly motivational subject matter, useful vocabulary and conversational exchanges.

The *book* begins with a general introduction followed by the text of each episode along with the corresponding questions. Numerous illustrations help convey the particular highlight of each episode. At the end of the book is the vocabulary section listing all the words used in the episodes.

The *tapes* and *cassettes* contain dramatic reproductions of all twenty episodes, recorded by professional Spanish-speaking actors. Background and special effects create a realistic atmosphere for the student's listening and reading pleasure. Finally, listening comprehension tests for each episode have been recorded to measure the student's understanding of the recorded sections.

This series is designed so that the student can learn and improve his Spanish in an entertaining way and, at the same time, achieve reasonable fluency, a good pronunciation and the confidence to use his Spanish in conversation.

EMC wishes to express their gratitude to Miss Fabiola Franco for her invaluable creative and editorial help in the development of this book.

1 Una mala partida

Esta es una historia sin héroes.

Nuestra historia comienza en Buenos Aires. Comienza en una casa. Una casa grande del lujoso barrio "Belgrano". Es la residencia de los esposos Francisco Castelli y Catalina de Castelli. Los Castelli son venezolanos. Son las nueve de la manāna, hora del desayuno.

Catalina: ¿Quieres café?

Francisco: Sí, por favor. Un pocillo. . . . Gracias. No más.

Catalina: Aquí tienes el azúcar . . . y la leche.

Francisco: Gracias, mi amor. Ahora, el periódico . . . . Ninguna noticia interesante hoy, creo . . . . Página seis. "Sección Financiera" . . . . ¡Oh, no! ¿Otra vez? El dólar baja de nuevo. Y la libra esterlina, claro está. Y el oro, por supuesto. El oro baja también . . . Dios mío no, ¡NO!

Catalina: ¿Qué dices? ¿Qué pasa?

Francisco: Las acciones "Frigorífico El Oro" bajan doscientos pesos.

Catalina: ¿Y qué? . . .

Francisco: ¡Es horrible!

Catalina: ¿Por qué, qué sucede?

Francisco: Las acciones bajan y tú preguntas: ¿Qué pasa? . . . Pues bien sucede, sucede que . . . tengo acciones de "Frigorífico El Oro". Tengo mil acciones. ¿Me entiendes ahora?

Catalina: ¿Desde cuándo?

Francisco: Desde ayer. Desde ayer por la tarde. Oye . . . El periódico dice: "Frigorífico El Oro" atraviesa una situación difícil. Las acciones bajan. Los expertos anuncian una posible bancarrota. ¿Bancarrota? Eso sería el fin, el fin.

Catalina: Y tú tienes acciones. . . . Desde ayer. . . . Eres un idiota, un pobre idiota. . . . Dices siempre: "Soy un genio para las finanzas". Y luego, mira. Pierdes siempre.

Francisco: No más, por favor. No quiero más comentarios. Quiero café. Otra taza, por favor. . . . Es una pérdida horrible, horrible. . . .

Catalina:	Estoy angustiada, Francisco, verdaderamente angustiada. Siempre la misma cosa. Wall Street, La Bolsa de Londres, de Buenos Aires, de Bruselas. Pierdes siempre.
Francisco:	No. No es verdad. No siempre.
Catalina:	No siempre, pero casi siempre. Pierdes muy a menudo. Hoy perdiste.
Francisco:	Tal vez. Pero hoy es realmente grave . . . grave . . . catastrófico.
Catalina:	Es culpa tuya, ¿no es cierto? Siempre haces malos negocios. Y luego, luego te quejas.
Francisco:	¿Yo me quejo?
Catalina:	Sí, en este mismo instante te quejas.
Francisco:	No, querida; tú eres la que te quejas.
Catalina:	Sí, me quejo, me quejo porque eres un imbécil.
Francisco:	¿Ves? Tú te quejas. Yo no. Yo tengo mis problemas; eso es todo. Y ahora las demás noticias. . . . ¿Qué es esto? "Robo espectacular Tres Picassos, dos Braques, y cinco Légers desaparecen de una colección privada." ¡Ajá!, eso es lo seguro . . . El arte.
Catalina:	¿Seguro? ¿Cómo?
Francisco:	Las obras de arte no bajan, suben, suben siempre. El arte es, sin duda, la inversión ideal.
Catalina:	¿Quieres entonces Picassos en tus paredes? ¿Y el dinero para comprarlos?
Francisco:	*(de mal humor)* Bueno . . . Bueno . . . Pero tengo una idea.
Catalina:	¿Otra idea? Prefiero una buena cuenta en el banco.
Francisco:	Ah, claro. Tú . . . Hablas y hablas; y ¡patatí y patatá!

Pero he aquí, otra idea, una idea excelente: Dejemos esta casa y esta escena desagradable. Dejemos a Francisco Castelli y a Catalina de Castelli y vamos a otro sitio.

Allí encontramos a tres personas; tres personajes de esta historia sin héroes. ¿Sus nombres? Eduardo Alvarez, un joven de veinticinco años; sin profesión, sin trabajo, sin dinero. María Josefa Parodi. ¿Edad? Parece ser un secreto. Es joven, bonita, piloto. Sí, piloto de aviones de turismo. Y por último, Juan Alonso, el profesor; arqueólogo, especialista en arte y civilización maya. Primero les presentamos a Eduardo Alvarez. Está en un bar. Un bar elegante de Buenos Aires.

Alvarez:	Otro trago, por favor.
Mozo:	¡Ah, no!
Alvarez:	¿Por qué no? ¿Qué pasa?
Mozo:	Está bien, señor. Pero esta vez, paga.
Alvarez:	Pagar, pagar! Siempre la misma historia. Esto es un bar, ¿no es verdad? No un supermercado.
Mozo:	Bueno. Tome su trago. Pero me paga mañana. ¿Comprende? Mañana.
Alvarez:	Sí. Mañana. Entonces, brindo por "mañana". ¡Eh! ¡Hola! Lulú, amor mío. ¿Cómo te va? ¡Estás preciosa hoy! Eres lindísima. Mozo, un trago para mi adorable amiga.
Mozo:	"Si me hace el favor . . ."
Alvarez:	Si me hace el favor.

Y ahora les presentamos a María Josefa Parodi, nuestra linda piloto. En este momento, llama por teléfono a una amiga.

María Josefa:	¿Aló? . . . Sí, habla María Josefa. ¿Cómo estás? . . . Sí. Más o menos bien, gracias . . . Claro, todavía vuelo. Vuelo muy a menudo. En efecto, esta misma tarde . . . ¿Cómo? . . . Sí, me gusta, me gusta muchísimo, pero también me gusta el trabajo. A propósito, busco un empleo . . . ¿Cómo? . . . Sí . . . Bueno, claro está. Hasta luego.

Bueno, ahí tienen pues a Eduardo Alvarez y a María Josefa Parodi. Ahora les presentamos al profesor Juan Alonso arqueólogo, especialista en arte y civilización maya. Está en casa. Vive en un cuarto pobre. Toma una taza de café y lee una carta.

Alonso:	"Señor Profesor. Agradecemos su gentil carta del 10 de septiembre. Nos es bien conocida su reputación de arqueólogo. Conocemos también y respetamos sus investigaciones en el campo del arte y la civilización maya. Sus artículos sobre Yucatán, México, son sumamente interesantes. Desgraciadamente, nos es imposible publicarlos en nuestra revista. Lo sentimos mucho, señor profesor y esperamos . . ." etc., etc., etc..

Estos son los tres personajes. Tres personajes de nuestra historia. Pero la historia empieza apenas. ¿No cree Ud. que todos están en una situación difícil?

Regresemos ahora a Belgrano, a casa de Francisco y Catalina.
¿Bueno? ¿Cómo van las cosas ahora? Ya todo está arreglado.

Catalina: Tienes razón, Francisco. Sí, es una buena idea.

Francisco: ¡Ah! ¡Por fin! Oye Catalina. Conozco México, Guatemala, Honduras y la América Central. Conozco todos, todos esos países. ¿Tú conoces mis figurillas mayas?

Catalina: Claro que sí. Dices "mis" figurillas mayas, pero te olvidas de una cosa. No son tuyas.

Francisco: Es verdad. AHORA no son mías. Pero . . .

Catalina: El Profesor Alonso existe.

Francisco: Sí. Alonso existe. Las figurillas son suyas y es culpa mía. Pero el hecho es que hoy esas figurillas valen cientos, miles. El precio de esas cosas sube, sube continuamente. Es una tontería, comprendo: Voy a México, encuentro las figurillas, regreso a Buenos Aires, soy amable con Alonso, él las quiere . . .

Catalina: ¿Qué haces entonces?

Francisco: Le doy las figurillas a Alonso.

Catalina: ¿Qué dices? ¿DAR? VENDER, sí, pero por nada.

Francisco: No. No por nada. Por un buen precio. Evidentemente, esas figurillas valen hoy miles y miles de pesos.

Catalina: ¿Y tú que tienes? Nada.

Francisco: ¡Ay! ¡Por favor! Bueno. Es cierto que Alonso tiene mis figurillas. Son suyas ahora. Pero tengo una idea. Escucha . . . ¿Conoces a Suárez?

Catalina: ¿A quién? ¿A Leopoldo Suárez, el anticuario y experto en arte?

Francisco: Sí. El buen Leopoldo. Tiene una tienda en la ciudad. Un negocio excelente. Clientela bien y rica. Compra y vende objetos mayas.

Catalina: ¿Compra? ¿A quién?

Francisco: A mí.

Catalina: ¿Cómo?

Francisco: Bueno . . . muy pronto.

Catalina: ¿Tú tienes figurillas mayas?

Francisco: No . . . *(misterioso)* Pero busco . . . y encuentro.

Catalina: Las figurillas de Alonso.

Francisco: *(sorprendido)* ¿Eh? *(aparte)* ¿Alonso? *(a Catalina)* No. Claro que no. No. En Yucatán, en Guatemala, en América Central.

Catalina: ¡Sencillo. . . ! ¿Y tú encuentras todo eso en Yucatán?

Francisco:	Claro. Es el centro de la civilización maya. Allí encuentro figurillas, máscaras, ornamentos. Todo con la ayuda del señor profesor Juan Alonso, el gran arqueólogo y especialista en arte maya. El va allá, visita las pirámides, los templos, las tumbas. Yo conozco todo eso y él también. Entonces él excava, busca y trae una fortuna. Una fortuna. ¡Y para nada!
Catalina:	¿Una fortuna? ¡Para nada! Eres siempre el mismo. Pero . . . después de todo, ¿Por qué no? En verdad, Alonso es un hombre útil.
Francisco:	¡Bravo! Ahora comprendes. ¿Te das cuenta entonces? Alonso va allá, reúne objetos y éstos llegan aquí.
Catalina:	¿Cómo?
Francisco:	Paciencia, querida mía. Vienen por avión. Las aduanas son muy estrictas allá, ¿ves? Terriblemente estrictas cuando se trata de objetos de arte. PERO evadimos las aduanas. Reunimos objetos en el mismo lugar. Tomamos un avión privado y abandonamos el país con una fortuna. Sin aduanas.
Catalina:	¡Uff! . . . sí. Tienes razón. Es una buena idea.
Francisco:	¿Ves? Y cuento con el piloto ideal. Quiero un buen piloto. María Josefa.
Catalina:	*(con amargura)* ¿Quién? ¿María Josefa Parodi?
Francisco:	Sí. Ella.
Catalina:	¡Ajá! . . . Una examiguita, ¿eh?
Francisco:	*(no pone atención)*. María Josefa conoce perfectamente todos esos países. Toda esa región de Yucatán, Guatemala, Honduras . . . Y como piloto, es formidable. Es perfecta como piloto de avión de turismo.
Catalina:	Perfecta . . . Sí, ya lo creo.
Francisco:	Bueno. Entonces, he aquí nuestro equipo: Alonso, el experto y María Josefa, el piloto. Ah . . . quizás uno más . . . Después de todo, Alonso es viejo y María Josefa no es más que una mujer.
Catalina:	¡Una pobre mujercita!
Francisco:	Por eso, necesito un hombre. Sí. Quiero otro hombre en el equipo. Un hombre para el trabajo pesado; tú me comprendes: la excavación, la cargada de objetos, todo eso. Un hombre joven y fuerte. Déjame pensar . . . ¿Quién?
Catalina:	Tú, quizás . . .

Francisco:	*(ríe)* ¿Cómo? ¿Yo? ¿Con María Josefa? Catalina . . . es una idea excelente si se piensa que proviene de una mujer celosa. Un momento . . . ¡Ya sé! Eduardo Alvarez. ¿Te acuerdas? Mi primo Eduardo Alvarez. Está sin trabajo. Es joven, fuerte. Perfecto para el asunto. Como está sin centavo, está dispuesto a todo. ¡Eso es! Ya tenemos nuestro equipo: Juan Alonso, Eduardo Alvarez, y María Josefa Parodi. Perfecto. Queda arreglado. ¡Uno o dos meses y la fortuna llega por millones! Bueno. Yo hago el equipo y éste parte para México dentro de dos o tres días. *(Triunfante)*. ¿Tienes alguna pregunta?
Catalina:	Sí.
Francisco:	¿De veras?
Catalina:	Sí, una pregunta. Una pregunta importante. ¿Quién financia la operación, los tres pasajes aéreos a México, el hotel, los gastos de viaje, el avión privado a Yucatán, y . . .?
Francisco:	Pues . . .
Catalina:	Porque tú, mi querido Francisco, tú también vives sin un centavo, como tu primo Eduardo; y yo, YO no financio esta . . . expedición. Yo no financio a tus exprometidas!
Francisco:	Catalina querida, y no pido eso. Tengo todo. Todo está listo. Tengo un plan perfecto. Sí, sí. Paciencia, querida mía, paciencia . . . que nos llega una fortuna.

PREGUNTAS

1. ¿Por qué está preocupado Francisco?
2. ¿Qué inversión es mejor que las acciones?
3. ¿Le parece a Ud. amable la esposa de Francisco?
4. ¿Qué nuevo negocio planea ahora?
5. ¿A quiénes más conocemos hasta ahora?
6. ¿Por qué se sirve Francisco de estas personas?
7. ¿Por qué no le gusta María Josefa a Catalina?
8. ¿Cuándo parte el equipo para México?

2 El dios del Oro

Francisco está en casa. En su hermosa mansión de Belgrano.
Va a salir. Llama a su esposa.

Francisco:	¡Catalina! Catalina, me voy.
Catalina:	*(fuera)* ¿A dónde vas?
Francisco:	A la ciudad. Voy a ver a Leopoldo.
Catalina:	Bueno. Hasta luego. Buena suerte.
Francisco:	Gracias. *(para sí)*. Ah, un segundo . . . Voy a buscar en el directorio. . . . Páginas amarillas . . . Anticuarios y Galerías de Arte. Aquí . . .Veamos . . . Suárez . . . Suárez . . . Aquí está. "Leopoldo Suárez Antigüedades y Objetos de Arte". Esmeralda 120.
Francisco:	Esmeralda . . . Número . . . 116 . . . 118 . . . 120. Mm . . . Es una tienda bonita. Mi amigo Suárez tiene cosas lindísimas. Ah, aquí está su colección de arte maya. ¡Todo bellísimo!
Dependiente:	Buenos días, Señor. ¿En qué puedo servirle?
Francisco:	Buenos días.
Dependiente:	¿Qué desearía, Señor?
Francisco:	Oh. . . nada, por el momento. Quisiera mirar sólamente, si Ud. me permite.
Dependiente:	¡Oh! ¡Por supuesto!
Francisco:	Me encantan los objetos mayas. Son maravillosos.
Dependiente:	Así es. Tiene Ud. muy buen gusto, señor. Son maravillosos, y raros.
Francisco:	¿Caros?
Dependiente:	No. No diría "caros", sino . . .
Francisco:	Esas estatuillas, por ejemplo . . .
Dependiente:	Esta es una pieza bellísima. Proviene de Yucatán. Representa al dios de la Lluvia.
Francisco:	Chaac.
Dependiente:	Sí señor, exactamente. Chaac, el dios maya de la Lluvia. Veo que es Ud. un experto.

Francisco:	No, no presumo tal cosa. Pero . . . ¿Cuánto. . .?
Dependiente:	No estoy seguro. Un momento, por favor. Voy a consultar el precio . . . ¡Ajá! lo que yo creía: un millón doscientos mil pesos.
Francisco:	¡Un millón doscientos mil!, ¿ah? Chaac . . . dios de la Lluvia o . . . ¿dios del Oro?
Dependiente:	*(ríe cortésmente).*
Francisco:	Es verdad. Para nosotros, en nuestra civilización occidental, "el tiempo es oro". Pero en Yucatán, el clima es seco y árido y . . . "la lluvia es oro".
Dependiente:	Tiene Ud. razón. Y ahora, va Ud. a ver una pieza bellísima. Ud. va a apreciarla; una persona como Ud. . . .
Francisco:	Veamos . . .
Dependiente:	Esta máscara. Es de Guatemala.
Francisco:	También maya, claro.
Dependiente:	Sí. ¿No le parece maravillosa? En mi opinión, excepcional.
Francisco:	Y . . . ¿Cuánto cuesta?
Dependiente:	El precio no le va a gustar. Pero . . . Esa máscara vale dos millones.
Francisco:	¿De veras? Muy interesante.
Dependiente:	Es una suma grande. Pero la máscara es muy rara, Ud. lo sabe.
Francisco:	Sí. De acuerdo. Dígame . . . Esta es la tienda del Señor Suárez, ¿no es cierto? Del Señor Leopoldo Suárez.
Dependiente:	Exactamente.
Francisco:	¿Está aquí el Sr. Suárez, por casualidad? Lo conozco desde hace mucho tiempo. Es un viejo amigo mío.
Dependiente:	Precisamente, está aquí ahora. En su oficina.
Francisco:	Excelente. Llévele mi tarjeta, por favor.
Dependiente:	Señor Francisco Castelli. Muchas gracias. Perdón. Voy a anunciar su visita. Un momento, por favor.

Se dirige hacia la oficina de Suárez. Abre una puerta y entra. Francisco Castelli queda solo en la tienda.

Francisco:	¡Dios! ¡El precio de estas cosas! Medio millón; dos millones. ¡No está mal! El arte maya es oro. Y el dios de la Lluvia también.

Regresa el dependiente. Y ahora vamos a ver algo . . .

Dependiente:	Por aquí, Señor Castelli, por favor . . . El Señor Suárez está en su oficina. Va a recibirlo. Por aquí, por favor.

Francisco:	Gracias.
	Suárez lo recibe.
Suárez:	¡Ah! estimado amigo, ¿Cómo está?
Francisco:	Bien, ¿y Ud.? Hace . . . ¿diez años, creo?
Suárez:	Sí, diez años, o doce, quizás.
Francisco:	¿Qué hay de nuevo? ¿Cómo van los negocios?
Suárez:	Muy, muy bien. Este es un negocio excelente. Todo marcha a la maravilla.
Francisco:	Felicitaciones. Tiene objetos hermosísimos.
Suárez:	Lo que voy a decirle parece absurdo. Todo va muy bien. Mi negocio marcha muy bien y es por eso que tengo dificultades.
Francisco:	¿De veras?
Suárez:	Sí. Los precios suben constantemente y . . .
Francisco:	¡Pero no en la Bolsa!
Suárez:	No, seguramente no. Pero en mi oficio, en mi profesión, sí suben. Mire. Quizás le sorprenda a un hombre como Ud., pero mi problema no es el precio. Muy pronto, mi almacén también estará vacío.
Francisco:	¿Cómo? ¿Vacío? ¿Su almacén? ¡Pero tiene piezas maravillosas! ¡Su almacén está lleno de objetos magníficos!
Suárez:	Sí. Por el momento, pero no por largo tiempo. Pronto voy a quedar sin nada. Mire Ud.: Mis clientes vienen aquí siempre. Compran todo. Buscan en mis objetos de arte una inversión segura. Está de acuerdo, creo, en que no se puede confiar en la Bolsa, hoy.
Francisco:	Ah, sí, estoy de acuerdo. Y los objetos de arte son un valor seguro. Su negocio es oro, estimado amigo.
Suárez:	Por el momento, sí, pero eso no va a durar. Es muy difícil realmente. Las aduanas mexicanas son muy estrictas. Muy pronto, la sacada de objetos de arte de México va a ser imposible.
Francisco:	Sí. Lo sé. Voy quizás a decir cosas . . . indiscretas, pero conozco un medio. Tengo ciertas relaciones en Yucatán, relaciones privadas. ¿Me comprende?
Suárez:	¿Verdad? Muy interesante . . .
Francisco:	Conozco un arqueólogo. Un hombre bien, muy serio, un gran experto. Y tengo una fuente proveedora de objetos de calidad;

	objetos auténticos de gran calidad. Una fuente privada bien entendida.
Suárez:	Pues, mi estimado Castelli. Ud. dice que tiene una fuente de provisión. Y yo, yo digo que en mí tiene un cliente excelente.
Francisco:	Muchas gracias.
Suárez:	Claro que no voy a firmar un contrato con Ud. ahora. Vamos primero a examinar sus objetos mayas y luego . . .
Francisco:	De acuerdo. Pero no es posible hacerlo hoy, o mañana, o la semana entrante. Ud. comprende . . .
Suárez:	Sí.
Francisco:	Pero . . . Tengo una idea. Tengo en casa piezas de Yucatán, muy bellas.
Suárez:	¿En casa?
Francisco:	Mi colección privada. Me encanta el arte maya. Estas piezas son de Yucatán, de mi amigo el arqueólogo . . . Por qué no las examinamos un día juntos, ¿le parece?
Suárez:	¡Naturalmente! Cuando quiera. ¿Cuándo? ¿Mañana?
Francisco:	*(un poco pronto para él, pero tanto peor):* ¿Mañana? Mm . . . Bueno. ¿Por qué no? Mañana por la tarde. Desgraciadamente, estoy ocupado mañana por la mañana.
Suárez:	Por la tarde me queda muy bien. Hasta mañana entonces, amigo. En su casa, ¿no es cierto? Hacia las cinco.
Francisco:	Perfectamente: Lo espero a las cinco en casa. Tiene mi tarjeta, me figuro . . .

¡Comprado! Lo tiene en sus manos. Tiene a Suárez en el bolsillo. A Suárez, quizás, pero la verdad es que él no tiene figurillas mayas en su posesión. No importa. Castelli tiene algo en mente.

Castelli se dirige hacia la avenida principal.

Francisco:	Aquí hay un bar. Voy a entrar y voy a hacer dos cosas. Primero un trago; luego una llamada telefónica.

Francisco:	Mozo, un scotch doble, por favor.
Mozo:	¿Con hielo, señor?
Francisco:	Sí, hielo y un poco de agua. Eh . . . ¡"Chaac"!
Mozo:	*(abruptamente)* Siento mucho, señor, pero nuestra agua es argentina, no chequa.

Francisco:	Y yo pago en efectivo, no con cheque. ¿Conoce Ud. a Chaac?
Mozo:	Naturalmente. El viene aquí todas las mañanas . . . Un scotch.
Francisco:	Gracias. El teléfono, por favor.
Mozo:	¿Llamada local, o larga distancia?
Francisco:	Local. Buenos Aires. Barrio Flores.
Mozo:	¡Flores! ¡Ah: las chicas lindas!
Francisco:	¡Ay! La chica mía es un profesor de sesenta años. Y Ud. habla de chicas.

Francisco: Aló, ¿profesor Alonso? Habla Francisco Castelli ... ¿Cómo está Ud. mi estimado profesor? . . . Me alegro mucho. Oiga . . . Tengo una propuesta interesante para Ud. Exactamente en su especialidad . . . Sí, . . . Claro que hablo en serio . . . Es un negocio fantástico e interesante . . . Oiga. Voy para su casa en seguida, ¿está bien? . . . Es muy urgente. Salgo dentro de cinco minutos . . . ¿Cómo? ¿A qué hora en su casa? . . . Bueno . . . dentro de veinte minutos. Le va a gustar mucho mi propuesta, va a ver . . . Sí, enseguida.

Mozo:	¿La chica dijo "¡NO!"?
Francisco:	La chica mía es el dinero.

Francisco Castelli llega a casa del profesor Alonso. Sube los seis pisos.

Francisco: Esta casa es horrible, verdaderamente horrible. Sucia, destruída. ¡Pobre Alonso! ¡No le va nada bien, lo sé, pero vivir en una casa como ésta . . .!

¡Profesor Alonso! ¿Está Ud. aquí? Soy yo, Francisco Castelli.

Alonso:	*(lejos)* Siga, siga.
Francisco:	*(aparte)* Dios mío, qué triste es esto . . . *(jovial)* Estimado profesor, ¿Cómo está Ud.? Me place mucho verlo.
Alonso:	*(deprimido)*. Bueno, bueno, gracias. Estoy bien, ¿y Ud.? Me alegra su visita. Es muy amable.
Francisco:	*(voz animada en contraste con el tono bajo y deprimido de Alonso)* ¿Amable? En absoluto, veamos. Tengo una buena noticia para Ud. Le va a encantar. Bueno, ¿cómo van las cosas?
Alonso:	¡Ah! Ud. sabe, en mi profesión . . . Pero ahí van . . .

Francisco:	Comprendo . . . Sí. Y ahora, hablemos de negocios. Veo que todavía tiene las figurillas mayas.
Alonso:	Sí, sí, claro. Ud. sabe que las miro sin cesar. Son maravillosas. Son mi vida, mi vida entera.
Francisco:	Comprendo, profesor, comprendo . . .
Alonso:	¿Y su noticia? Su buena noticia, ¿Cuál es?
Francisco:	Un negocio, un negocio excelente. Para Ud. y para mí. Un negocio fantástico. En Yucatán. Figurillas, máscaras, ornamentos, todo; y con ello, una fortuna.
Alonso:	Pero . . . no entiendo.
Francisco:	Va Ud. a entender, profesor: Tengo trabajo y dinero para Ud., pero primero, va a hacerme un favor.
Alonso:	Sí . . . ¿qué?
Francisco:	Sus figurillas.
Alonso:	¿Cómo? ¿Mis figurillas? ¿Quiere Ud. mis figurillas? ¡Oh, no! Está loco. ¡Nunca!
Francisco:	Muy bien. Adiós, profesor.
Alonso:	Pero mire, Castelli: ¿Ud. comprende, no es verdad? ¿Dar mis figurillas? ¡Pero cómo, si son mi vida, mi vida entera!
Francisco:	¿Su vida? ¿Cómo? ¿Por un día? Ud. va a prestar sus figurillas por un día, por un solo día, ¿me comprende? Y eso representa la fortuna para Ud. y para mí. Ud. va a prestar sus figurillas por un solo día, y en cambio va a ser rico y a trabajar en Yucatán.
Alonso:	En Yucatán . . . ¿Habla Ud. en serio?
Francisco:	Sí, señor, muy en serio. Ud. va a trabajar en Yucatán; en los templos y en las pirámides. Ud. va a excavar, a traer exquisitos tesoros mayas. ¿Conoce Ud. los templos cercanos a la frontera?
Alonso:	Son maravillosos. Y completamente abandonados, desiertos. Sí, conozco esos templos a la perfección.
Francisco:	Pues bien, son nuestros. Pero primero, va Ud. a prestar sus figurillas.
Alonso:	¿A quién?
Francisco:	A mí. Después de todo, sus figurillas, sus queridas figurillas provienen de mí. Entonces, ¿está de acuerdo?
Alonso:	Por un día solamente, ¿no es verdad? ¡Palabra de honor!
Francisco:	Palabra de honor.
Alonso:	Bueno . . . en ese caso. . . . Pero va a tener mucho cuidado, espero. Son delicadas.

Francisco:	¡Pero hombre! Claro que sí, lo sé. Vamos a poner todo en cajas. Empezamos por estas máscaras . . .
Alonso:	¡Cuidado! Cuidado, por favor. Es muy delicada.

Una vez en casa de Francisco.

Francisco:	¡Catalina! ¡Catalina, ven pronto!
Catalina:	¿Qué pasa?
Francisco:	Vas a ver algo . . .
Catalina:	¿Qué? No son acciones, espero.
Francisco:	Mira. . . .
Catalina:	Tus estatuillas antiguas. ¿Son de Alonso?
Francisco:	Exactamente. Y ahora eso es todo; la fortuna es nuestra. Oye: Leopoldo Suárez va a venir aquí mañana. Va a ver esas piezas auténticas y maravillosas de Yucatán. Voy a ofrecerle a Suárez otras piezas como éstas. Va a comprar. Lo sé. Y va a pagar un buen precio, MI precio. Ahora ves que es simple. Simple como el día. Nos quedamos tranquilamente aquí y esperamos la visita de Leopoldo Suárez, el simpático Leopoldo Suárez.
Catalina:	¿Y cuándo viene?
Francisco:	Mañana. Mañana a las cinco de la tarde. . . . Con Francisco Castelli . . . ¡Leopoldo! . . . ¿Qué pasa? . . . ¿Cómo? ¿No viene mañana?
Catalina:	*(exasperada)* ¡Tú cuando no! Ya comenzamos . . .
Francisco:	Shsh . . . Pero . . . Sí. Comprendo perfectamente, pero . . . ¿Esta tarde? . . . ¿Cómo? . . . ¿Ahora mismo? . . . Mire, no sé. . . . Va a ser difícil, pero bueno . . . Está bien. De acuerdo, sí. Estamos en casa . . . Hasta luego. . . . Bueno, querida. No, no viene mañana; viene hoy, esta tarde. Viene dentro de pocos minutos. Entonces, querida mía, vas a ponerte un vestido elegante; vas a sonreír como un ángel y vas a ser amable. El dios del Oro va a llamar a nuestra puerta.

PREGUNTAS

1. ¿Qué tiene Leopoldo Suárez en su tienda?
2. ¿Cómo va el negocio de Leopoldo Suárez?
3. ¿Por qué tiene Suárez dificultades?
4. ¿Por qué compran los clientes objetos de arte?
5. ¿Qué le ofrece Castelli a Suárez?
6. ¿Qué clase de cliente es Suárez?
7. ¿Por qué sabe Ud. que Suárez está interesado en la colección privada de Castelli?
8. ¿Tiene realmente Castelli una colección privada?
9. ¿A quién llama Castelli del bar?
10. ¿Cómo es la casa del profesor Alonso?
11. ¿Por qué no le gusta al principio a Alonso el negocio que le propone Castelli?
12. ¿Por cuánto tiempo presta Alonso las figurillas?

3 El equipo

Estamos en casa de los Castelli. Francisco y Catalina esperan a su visitante, Leopoldo Suárez, el anticuario. Suárez va a llegar de un momento a otro.

Las figurillas y las máscaras mayas del profesor Alonso están ahí, sobre la mesa.

Francisco:	Esas figurillas son realmente maravillosas.
Catalina:	Desgraciadamente no son tuyas.
Francisco:	En cierta forma, es así, pero es un detalle sin importancia. Oye, Catalina: no debes decirle nada a Leopoldo Suárez, te suplico. Para él, todos estos objetos son míos. Es mi colección personal, ¿comprendes?
Catalina:	Sí que comprendo . . .
Francisco:	Y tú vas a ser amable con él. Vas a sonreír y a ser amable con Leopoldo. . . . Es él.
Suárez:	Buenas tardes, señora.
Catalina:	Buenas tardes, señor. Siga Ud., por favor. . . . Tenga la gentileza de seguirme. Francisco lo espera en la sala.
Francisco:	¡Estimado Suárez!...! No, te llamo Leopoldo, ¿te parece?*
Suárez:	Naturalmente. Y yo te llamo Francisco.

Suárez y Castelli se dan la mano. Suárez ve las figurillas sobre la mesa.

	Ah, ¡qué maravilla!
Francisco:	¿No es cierto?
Suárez:	¡Son hermosísimas! ¿Y todo eso viene de Yucatán?
Francisco:	Sí, para un amigo mío arqueólogo. El arte maya es su pasión, y la mía. Y con las relaciones que tengo allá. . . . Tú y yo lo sabemos. No es fácil hoy en día. Sacar todo eso de Yucatán es peligroso.
Suárez:	Lo sé. Allá las aduanas son extremadamente estrictas.
Francisco:	Sobre todo cuando se trata de objetos así.
Suárez:	Son realmente bellísimos. En verdad, te envidio.

*Cuando se tratan como amigos usan la forma "tú" (tuteo).

Francisco:	Ah sí, tengo suerte. ¿Pero tú me envidias, Leopoldo? ¿Tú, que tienes objetos bellísimos en tu tienda?
Suárez:	Acabo de vender toda mi colección; esta misma tarde.
Francisco:	Pero, ¡no es posible!
Suárez:	Sí. A un cliente muy rico. Cinco minutos después de tu visita, entra a mi tienda y compra todo.
Francisco:	¿Cómo? ¿La estatuilla de Chaac y la máscara también?
Suárez:	Sí, todo. Acaba de comprar todos los objetos de mi colección.
Francisco:	Es un excelente negocio para ti, ¿no?
Suárez:	Sin duda. Pero tengo otros clientes, y nada para ellos. La Bolsa acaba de bajar de nuevo y la gente busca objetos de arte. Mira. Dos clientes acaban de telefonear a mi oficina. Tengo sólamente dos o tres cositas para ellos. Eso es todo.
Francisco:	Y no es suficiente.
Suárez:	Al menos que tu amigo el arqueólogo y tus relaciones en México . . . .
Francisco:	¿Por qué no? Es posible. Va a tomar tiempo, naturalmente, y . . . dinero. Pero es posible. Conocemos pirámides abandonadas. Mi arqueólogo es categórico. Eso es una mina; un verdadero tesoro. Conozco bastante bien esa región y, lo sé. Con un poco de capital, vamos a encontrar objetos maravillosos. Como éstos que están aquí sobre la mesa. Son verdaderamente bellos, ¿no es verdad?
Suárez:	Estoy completamente de acuerdo.
Francisco:	¿Quieres los mismos? es fácil . . . con un poco de dinero . . .
Suárez:	Claro, yo los compro.
Francisco:	Ah no, yo no los vendo. No éstos. Pertenecen a mi colección privada.
Catalina:	Oh, no, Francisco; tú no vas a venderlos, espero . . .
Francisco:	Naturalmente que no. Acabo de decírselo a Leopoldo. Además, tú lo sabes. Pero vamos a ayudarle. Vamos a importar objetos de Yucatán.
Suárez:	Cuando quieras. Estoy de acuerdo. Tú los importas y yo los compro.
Francisco:	Pero . . . tú comprendes: quiero un adelanto . . .
Suárez:	¿Un adelanto? ¿Quieres dinero en seguida?
Francisco:	Mmm . . . Sí. Una expedición a esos sitios es muy costosa. Voy a ayudarte y tú vas a ayudarme también. Después de todo, lo hago por ti.

Suárez:	Francisco, yo te conozco. Pero soy, al fin, hombre de negocios. Girar un cheque está bien. Pero quiero una garantía.
Francisco:	Te comprendo. Y creo que también tú me comprendes. Vamos a financiar la expedición juntos, tú y yo. Tú vas a girar un cheque y como garantía, te doy mi palabra de honor . . .
Suárez:	¿Sí . . .?
Francisco:	Y estas figurillas.
Suárez:	¿Cómo? Eso cambia enteramente la situación.
Catalina:	No, Francisco; tú no las vendes, espero . . .
Suárez:	No, señora; él no las vende, y yo no las compro; las tomo en garantía, eso es todo.
Francisco:	Es justo, creo. Leopoldo va a girar un cheque y a financiar la expedición. El pide una garantía y yo la doy. Es normal. Entonces, estamos de acuerdo; ¿no es cierto? Tú no vendes mis objetos, los tomas solamente como garantía.
Suárez:	Estoy de acuerdo. Vamos a escribir todo eso. Vamos a firmar un contrato, y yo giro un cheque en seguida.
Francisco:	Catalina, ¿puedes servirnos un aperitivo? ¿Qué deseas, Leopoldo? ¿Champaña? . . . ¿Whisky?
Suárez:	Una copa de champaña, por favor.
Francisco:	Y vamos a brindar por nuestro éxito; por nuestra expedición a Yucatán; y por el arte maya.
Suárez:	A la salud de tu encantadora esposa, la señora de Castelli.
Catalina:	Mi nombre es Catalina. Me llamo Catalina . . . para mis amigos . . .

De Belgrano, situado lejos del centro de la ciudad, vamos a San Martín, cerca del centro de Buenos Aires. Es un barrio muy interesante, con librerías, tiendas de antigüedades, boutiques, teatros y drogerías, restaurantes, cafés famosos y bares de última moda. Entramos precisamente en uno de esos bares con Francisco Castelli. Francisco tiene una cita con María Josefa. María Josefa Parodi . . . Uds. la conocen ya. La joven y bonita piloto. La vieja amiguita de Francisco Castelli.

Francisco:	¡Cómo, querida! ¿Estás ya aquí?
María Josefa:	Como lo ves. Acabo de llegar.
Francisco:	Perdóname.
María Josefa:	Te perdono. Pero es culpa mía. Cuando tengo una cita contigo, llego siempre a tiempo.

Francisco:	Y yo llego siempre tarde. Siento mucho.
María Josefa:	¿No me abrazas?
Francisco:	Claro que sí.

La abraza.

	¿Cómo te va?
María Josefa:	¿A mí? Muy bien. Busco un empleo, pero por lo demás . . .
Francisco:	*(ríe)* ¿Buscas un empleo?
María Josefa:	Sí. ¿Por qué te ríes? No es cómico, te lo aseguro.
Francisco:	Porque . . .
María Josefa:	Francamente, no es cómico. Tú sabes, Francisco, ahora, eres casado y no es siempre fácil para mí.
Francisco:	Pues vas a ver. ¿Sabes por qué estoy aquí, contigo? Por verte, claro . . .
María Josefa:	¡Infiel! . . .
Francisco:	Pero también, porque tengo un puesto para ti.
María Josefa:	¿De veras? ¿Hablas en serio?
Francisco:	Muy en serio. Todavía piloteas espero.
María Josefa:	Sí, cuando tengo dinero. Es bastante caro . . .
Francisco:	Pues vas a pilotear para mí.
María Josefa:	¿Qué dices?
Francisco:	Lo que acabas de oír. Y lo repito: vas a pilotear para mí.
María Josef:	Ay, ¡mi amor! Eres tan generoso; déjame abrazarte . . . ¿de veras?
Francisco:	Sí, mi linda. Piloteas para mí y yo te pago.
María Josefa:	¡Es increíble! ¿Dónde? ¿Cuándo? ¿Cuándo empiezo? ¿Dónde? ¿Aquí en Buenos Aires?
Francisco:	No. No en Buenos Aires. En Argentina tampoco.
María Josefa:	Me intrigas . . . ¿En América del Sur?
Francisco:	No. Para ser exacto, en México.
María Josefa:	Eres formidable. ¿Cuándo? ¿Cuándo salgo?
Francisco:	¿Cuándo SALIMOS?
María Josefa:	¿NOSOTROS?
Francisco:	Sí. Uds. Tú, y mi amigo Alonso.
María Josefa:	¿Lo conozco?
Francisco:	No. No lo conoces. El profesor Alonso. Es arqueólogo.
María Josefa:	¿Arqueólogo? Me intrigas.
Francisco:	Y: Eduardo Alvarez; mi primo Eduardo. No lo conoces. Salen dentro de dos días. Toman el avión para México y Mérida.

María Josefa:	¿Mérida, en Yucatán?
Francisco:	Y una vez allá, vas a arrendar un avión privado y vas a pilotear. Conoces bien el país, ¿no?
María Josefa:	Sí. Tú sabes que lo conozco. ¿Qué vamos a hacer allá?
Francisco:	Van a excavar tumbas y pirámides mayas, bajo la dirección de Alonso. Alonso es el guía; el especialista. Eduardo . . . él . . . bueno, es el hombre de la expedición. Y tú, tú eres el piloto.
María Josefa:	Muy bien. Enteramente de acuerdo. ¿Y cuándo nos pagas? Porque . . .
Francisco:	¿Quieres dinero?
María Josefa:	Pues . . . sí. Antes de partir. Me comprendes, ¿no?
Francisco:	Claro que te comprendo, María Josefa. Trabajo es trabajo. Vas a trabajar para mí. Yo te pago; es normal. ¿Cien mil pesos en efectivo y ahora mismo?
María Josefa:	*(incrédula)* ¿cien mil . . . ?
Francisco:	Para ti. Sí. Para los demás, Alonso y Eduardo cincuenta mil. Pero cien mil para ti. Toma: están en este sobre.
María Josefa:	¿Por qué cien mil para mí y no para los demás?
Francisco:	Porque eres el piloto; y porque te estimo y porque vas a dirigir la expedición. Tú eres el jefe de la expedición.
María Josefa:	¡Me encanta! Pero los otros, ¿van a trabajar por cincuenta mil pesos?
Francisco:	Mmm . . . no comprendes. Esto es solamente un anticipo. Al regreso van a ver el resto. Regresan con máscaras, figurillas, ornamentos. Los vendemos y hay una comisión. Vas a ver. Es un negocio fantástico. Yo organizo todo. Uds. hacen su trabajo en México y todos ganamos una fortuna.
María Josefa:	Te creo, y me voy. Y tu primo Eduardo, ¿cómo es?
Francisco:	Amable. No muy inteligente, pero buen muchacho; valiente. Y ahora, te dejo. Tengo una cita importante con el señor profesor Alonso.
María Josefa:	No pareces muy entusiasmado . . .
Francisco:	Es un hombre raro . . . Además, voy a tener un problemita con él; lo presiento. Bueno. Compro los pasajes, organizo todo y tú esperas mi telefonazo. Hasta mañana.
María Josefa:	Gracias, Francisco. Eres un amor. Hasta mañana.

Francisco Castelli sale del bar. Toma un taxi y va a casa del profesor Alonso, en el barrio Flores cerca de la universidad. No es lejos. En pocos minutos está ahí, en el sexto piso, ante la puerta del profesor. Llama y entra.

Alonso: Ah. Es Ud. . . .

Francisco: Sí, como lo ve, soy yo. Y para Ud. soy la Providencia. Estimado profesor, pronto, va a agradecerme. Ud. sale para Yucatán pasado mañana. Además, aquí tiene un sobre con dinero.

Alonso: Sí, gracias, pero . . . ¿mis figurillas? ¿No las trae Ud.? ¿Dónde están?

Francisco: ¡Sus figurillas. . . ! Debe Ud. estar loco. ¿Piensa de veras en sus figurillas?

Alonso: ¿Dónde están? Las quiero.

Francisco: No las tengo. Pero están en buenas manos. Escuche: Profesor. Ud. sale para México dentro de dos días; yo le pago; hace su trabajo; un trabajo apasionante; y pregunta: ¿dónde están mis figurillas?

Alonso: Sí. ¿Dónde están? Las quiero. Las quiero hoy, ahora mismo.

Francisco: Con que, ¿ésas tenemos? Está bien. Voy a traerlas y Ud. se queda aquí en Buenos Aires. Ud. no va a México. Ud. se queda aquí en su pieza miserable, sin dinero, sin trabajo. ¡Pobre imbécil! Pero es cosa suya . . .

Alonso: ¡Pero no! Ud. no me entiende . . .

Francisco: Pues es lástima. Adiós, señor profesor. ¡Ah! mi sobre, por favor . . .

Alonso: Le ruego, Castelli. Ud. no me comprende. Este trabajo me interesa.

Francisco: ¿Y el dinero, le interesa también?

Alonso: Naturalmente. Pero quiero mis figurillas.

Francisco: Cuando regrese Ud. de México. No las tengo yo, pero están en buenas manos. Entonces: está de acuerdo, ¿sí o no?

Alonso: . . . Sí

Francisco: Entonces, aquí están los cincuenta mil pesos. Es un adelanto; el resto, cuando regresen de México. Mañana va Ud. a conocer a los demás: María Josefa Parodi y Eduardo Alvarez. Compro los pasajes y parten Uds. pasado mañana. ¿Está bien?

Alonso: Sí, está bien; acabo de decirlo.

Francisco: ¡Vamos! Un poco de buen humor, por favor. Me voy. Hasta luego.

Alonso: Cincuenta mil pesos. Y un viaje a México. Pero, ¿dónde están mis figurillas? Ese Castelli es un pícaro. Detesto a ese hombre, ¡lo detesto!

PREGUNTAS

1. ¿Cómo le parece a Leopoldo Suárez la colección de arte maya?
2. ¿Por qué tiene Suárez problemas con sus clientes?
3. ¿En qué consiste el negocio entre Suárez y Castelli?
4. ¿Qué le da Castelli a Suárez a cambio del cheque?
5. ¿Qué empleo le ofrece Castelli a María Josefa?
6. ¿Le gusta a María Josefa la propuesta?
7. ¿Por qué está disgustado el profesor Alonso?
8. ¿Qué le da Castelli a Alonso?
9. ¿Por qué tiene que hacer Alonso lo que Castelli quiere?
10. ¿Estima Alonso a Castelli?

4 Jet y cucú

Han pasado dos días. Estamos, esta mañana en el aeropuerto de Buenos Aires, en Ezeiza. Centenares y miles de pasajeros esperan la partida.

Alto parlante: Aerolíneas Argentinas anuncia la salida de su vuelo 067 con destino Lima, México . . . Pasajeros sírvanse pasar a bordo.

Francisco: Pero, ¿dónde está Alonso? Está horriblemente retardado.

María Josefa: Paciencia, Francisco. Es la primera llamada. Tenemos tiempo.

Francisco: ¡Ese tipo me enerva! Tiene dinero; tiene su pasaje para México y está retardado.

Alvarez: Va a llegar, vas a ver . . .

Francisco: Así lo espero. María Josefa, Eduardo, escuchen. Dentro de seis días, siete, a más tardar, me llaman. Telefonean a casa y me dicen simplemente: "tenemos veinte, treinta, cuarenta figurillas, máscaras, etc."; y me dicen el valor de todas ellas. Para saberlo, le preguntan a Alonso.

María Josefa: Es verdad; Alonso está realmente retardado.

Francisco: Ah, ese Alonso. ¡Me enerva! Como arqueólogo, está bien, van a ver; pero no tiene sentido práctico. Además, escúchame bien, María Josefa. Tú eres el jefe de la expedición; eso lo sabes. Alonso es solamente el perito y Eduardo es tu asistente. Tú, tú eres el jefe.

María Josefa: Eduardo: no tienes objeciones, espero.

Alvarez: No, jefe. Ninguna objeción, jefe. Gracias, jefe. Eres preciosa, jefe.

Francisco: ¡Ah! ¡Ahí llega, al fin!

María Josefa: No te ve . . .

Francisco: ¡Alonso! Aquí estamos, ¡Dios mío!

Alonso: *(agitado)* Buenos días, buenos días. Llego tarde. Siento mucho. El autobús, ¡uff! . . .

Francisco: *(aparte)* ¡El autobús! . . . ¡Imbécil! ¡Vamos! ¡Rápido! Vaya a registrarse con su maleta. ¿Tiene su pasaje en la mano, y su pasaporte?

Alonso: ¿Cómo? Ah, sí sí, un momento.

Francisco:	Viene, ¿sí o no? El registro es por aquí.
Alonso:	Bueno. Lo sigo.
Alvarez:	*(A María Josefa)* Jefe . . . ¿qué piensa Ud. de nuestro experto y colega?
María Josefa:	Eduardo. No es el momento para criticar. Para mí, él es arqueólogo y eso es suficiente.
Alto parlante:	Ultima llamada para el vuelo 067 de Aerolíneas Argentinas, con destino Lima, México.
Francisco:	*(Llama a Alvarez y a María Josefa)* Por aquí, Uds. dos. El profesor está listo. Vayan, pronto.
María Josefa:	Adiós, Francisco. Adiós . . .
Francisco:	Adiós, y cuento con Uds. Tú, María Josefa, tú me llamas dentro de seis o siete días. Profesor: ésta es la oportunidad de su vida; le deseo buena suerte. Y tú, Eduardo, vas allá, a ayudar al profesor y a María Josefa.
Alvarez:	Todo está claro.
María Josefa:	Adiós, Francisco. Vengan Uds. dos. Estamos retardados.
Francisco:	¡Buen viaje! . . . y hasta que me telefoneen.

Han pasado diez días y estamos ahora en casa de los esposos Castelli, en Belgrano. Diez días después de la partida del equipo para México.

Catalina:	*(lejos)* ¿Qué haces?
Francisco:	¿Qué?
Catalina:	¿Qué haces?
Francisco:	Nada. ¿No ves? Espero una llamada telefónica.
Catalina:	¿Qué? ¿De México?
Francisco:	*(molesto)* Sí, de México, querida, ¡de México! . . . .
Catalina:	Tal vez es tu llamada.
Francisco:	¿Aló? Sí . . . ¿Cómo? . . . ¿Mónica? Ah, es Ud. . . . Sí, Catalina está aquí. Un instante, por favor. Es Mónica para ti. Mira, Catalina. Yo te conozco; y conozco a Mónica. Van a hablar horas . . . Espero una llamada de México. Te ruego ser breve.
Catalina:	Claro, Francisco, claro. ¿Por qué estás tan nervioso? Aló, Mónica. ¿Cómo estás? . . . Oye, estoy tristísima, pero esperamos una llamada telefónica importante . . . ¿Cómo? ¿De quién? . . . No, Francisco espera una llamada telefónica importante y . . . Yo te llamo más tarde, ¿sí? . . ¿Cómo?

Francisco:	*(desesperado)* Ah. ¡Las benditas mujeres en el teléfono! Oye, Catalina, te suplico. Vas a colgar, ¿sí o no?
Catalina:	Y a ti, Francisco, te ruego también. Hace apenas un minuto que estoy en el teléfono.
Francisco:	Y va a durar media hora.
Catalina:	*(a su amiga)* No, no, le hablo a Francisco. Tú lo conoces. Impaciente, nervioso. Espera una llamada desde hace cuatro días. Entonces, me despido . . . Sí, y te llamo. Esta noche, probablemente . . . Sí, adiós.
Francisco:	¡Al fin!
Catalina:	¿Por qué eres tan desagradable?
Francisco:	Yo te conozco cuando estás en el teléfono. Son horas . . . El perro está enfermo. Mario, el peinador, es encantador; Ana María está embarazada; acabo de rebajar dos kilos; sí . . . en cuatro días. Te doy la receta cuando quieras. ¡Y son horas!
Catalina:	Al menos es divertido. Tú no tienes sentido del humor, ¿no?
Francisco:	Tengo problemas; eso es todo.
Catalina:	Lo sé; pero de todos modos . . .
Francisco:	¿Qué hacen allá? Ya hace diez días que se fueron.
Catalina:	Es cierto. Es raro. Pero, después de todo, están en Yucatán, en la selva. Y tal vez no hay teléfono.
Francisco:	No, de seguro. Pero hace diez días. ¿Qué hacen? ¿Qué pasa? Espero noticias. Vas a ver que Suárez va a llamar otra vez. ¿Qué voy a decirle?

Mientras tanto, en México un avioncito de turismo espera en una carretera desierta . . . Un jeep está ahí también. Es el equipo de Castelli. María Josefa, Alvarez y Alonso trabajan bajo el sol. Acaban de encontrar más objetos preciosos en un templo maya. Pero se hace tarde. Oscurece.

María Josefa:	¡Profesor!
Alonso:	¿Qué desea?
María Josefa:	Nos vamos.
Alonso:	¿Cómo? ¿Ya? Si vamos a encontrar todavía montones de cosas. Aquí, miren.
María Josefa:	Les digo que nos vamos. Eduardo, pon los cajones en el avión.
Alvarez:	Tenemos tiempo, ¿no?
María Josefa:	No. Son las cuatro y cuarto. Tenemos todos los cajones llenos de objetos. Tenemos que cargar y eso va a tomar cinco horas. Y

	con este avión, ni pensar en volar por la noche. Además, ya saben que estamos retrasados.
Alvarez:	Sí, es verdad. Tenemos tres días de retraso. Francisco espera nuestra llamada telefónica.
María Josefa:	Exactamente. Esta noche lo llamo. Rápido, entonces. Tú y el profesor, van a cargar los cajones. Yo voy a revisar el avión.
Alvarez:	Muy bien. Voy a decirle . . . ¡Hola, profesor! Nos vamos.
Alonso:	¿Irnos? ¿Por qué? Es ridículo. Acabo de encontrar más cosas maravillosas. Allá, ¿ven? En ese hoyo. Hay vasos y figurillas extraordinarias.
Alvarez:	Ni pensarlo. Hoy no. Es la decisión de María Josefa. Ella es el piloto. Ella decide, no nosotros.
Alonso:	Bueno, bueno. La señora decide, pero yo les digo que es ridículo.

Alvarez y Alonso ponen los objetos en los cajones y los llevan al avión. Alonso no está contento.

Alonso:	¡Les digo que hay todavía tantas cosas!
María Josefa:	Es posible. No digo que no, pero nos vamos. Si nos quedamos, una patrulla o un helicóptero de la armada o de la policía nos va a divisar; y ése es el fin de todo.
Alonso:	Pero hay un tesoro. Allá, a quinientos metros.
Alvarez:	Y en esos cajones, ¿qué hay? Es ya muy suficiente. Ah, cuán contento va a estar Francisco, y Papá, Leopoldo Suárez . . .
Alonso:	¿Qué?

María Josefa interviene.

María Josefa:	Vamos, Eduardo, vas a trabajar, ¿sí o no? *(en voz baja)* ¿Estás loco? Hablar de Suárez delante de Alonso . . . ¡Vamos! A trabajar ¡todo el mundo! Yo voy a ayudarles.

Ponen todos los cajones en el avión.

Mientras tanto, en Buenos Aires, en casa de Francisco Castelli, el teléfono suena.

Francisco:	¿Aló? . . . Ah! Eres tú, Leopoldo. ¿Qué si hay buenas noticias? ¿Las figurillas? Sí, te comprendo perfectamente. Pues bien, voy a decirte: todo va bien. Todo va extraordinariamente bien. Estamos un poquito retrasados. Pero . . . ¿Cómo? ¿Tus

clientes esperan? ¿Y quieres los objetos ahora mismo? . . . ¿Mañana? Voy a tratar . . . Pero mira: no hay problema; mi equipo va a enviarme los objetos de un momento a otro. Voy a darles órdenes. Todo viene por avión . . . Sí, por avión. Evidentemente que hay algún riesgo. Pero tú me conoces. Negocios son negocios, Leopoldo. . . . Sí, de acuerdo. Te llamo más tarde.

Catalina entra en ese momento.

Catalina:	¿De México?
Francisco:	Suárez. Otra vez él. Siempre él.
Catalina:	¿Qué quiere?
Francisco:	Las figurillas, claro está. ¡Y para mañana!
Catalina:	¿Qué vas a hacer?
Francisco:	Acabo de prometerle, eh . . . tú me entiendes. Para mañana o pasado mañana. ¡Pero es increíble! ¿Qué hacen?, . . . ¿qué hacen allá?

En Yucatán, los tres miembros del equipo acaban de cargar los cajones. El avión está listo para salir.

María Josefa:	¿Ya está todo listo?
Alvarez:	Todos los cajones están ahí.
María Josefa:	Bueno. Entonces, profesor. Estamos de acuerdo, ¿no es verdad? Eduardo y yo tomamos el avión y nos vamos a la isla de Gran Caimán. Allá, descargamos los cajones y los embarcamos para Buenos Aires. De Gran Caimán, volvemos en avión a Mérida, dentro de dos días. Y Ud., Ud. toma el jeep y va directamente a Mérida.
Alonso:	Todo claro. Muy bien.
María Josefa:	Ud. va al Hotel Tropicana.
Alvarez:	Y dentro de dos días llegamos María Josefa y yo.
Alonso:	Bueno . . . Perfecto. Nos encontramos en "El Tropicana: dentro de dos días.
María Josefa:	Y allá, planeamos otra expedición.
Alonso:	Bueno. Allá los espero.

Alonso sube al jeep. Alvarez y María Josefa suben al avión. María Josefa está al comando. El avión prende, toma velocidad y decola.

Un poco después . . .

María Josefa: Eduardo, pon atención. ¿Oyes?

Alvarez: ¿Qué pasa?

María Josefa: El motor . . . Pasa algo. No funciona bien.

Alvarez: ¿Estás segura?

María Josefa: ¿No oyes?

Alvarez: Sí, ahora sí . . . ¿Crees que es grave?

María Josefa: Todavía no sé. Espera, miro los instrumentos . . .

Alvarez: Es la presión del aceite, ¿no?

María Josefa: Sí. Así es. Está bajito. Eso es pésimo. Y el motor se calienta, naturalmente. ¿Ves la temperatura? Está al máximo. . . . Ahí está el problema. ¡Estamos sin motor! El motor falla.

Alvarez: ¿Qué vas a hacer?

María Josefa: No hay más remedio. Aterrizar, eso es todo. ¿Pero dónde? Ese es el problema.

Alvarez: Veo, María Josefa, que no tengo suerte en mi primer vuelo contigo. Mi primero y, tal vez, mi último . . .

María Josefa: ¡Por Dios! Te suplico. Nada de pánico. Bastante tengo con este cuco mal hecho.

PREGUNTAS

1. ¿Por qué está Francisco disgustado con Alonso?

2. ¿Qué piensa Francisco de las llamadas telefónicas de las mujeres?

3. ¿Por qué está preocupado Francisco?

4. ¿Por qué no quiere el profesor Alonso cargar los cajones e irse?

5. ¿Por qué decide María Josefa partir?

6. ¿Cómo le parece a Ud. el jefe de la expedición?

7. ¿Quién llama a Francisco mientras espera la llamada de su equipo?

8. ¿Qué quiere Suárez?

9. ¿Qué promete Francisco a Suárez?

10. ¿Cómo va a ir el equipo a Mérida?

5 Aterrizaje forzoso

María Josefa: Ahí está el problema. ¡Estamos sin motor! El motor falla.

Alvarez: ¿Qué vas a hacer?

María Josefa: No hay más remedio. Aterrizar, eso es todo. ¿Pero dónde? Ese es el problema.

Alvarez: Veo, María Josefa, que no tengo suerte en mi primer vuelo contigo. Mi primero y, tal vez, mi último . . .

María Josefa: ¡Por Dios! Te suplico. Nada de pánico. Bastante tengo con este cuco mal hecho. . . . Vamos a buscar una carretera, o un plano para aterrizar.

Alvarez: Veo sólamente árboles.

María Josefa: Estamos perdiendo altura rápidamente . . .

Alvarez: ¿Cuánto tiempo tenemos?

María Josefa: Dos os tres minutos, quizás. Ventea un poco, y eso nos ayuda. Pero . . .

Alvarez: ¿Viste? A la izquierda . . .

María Josefa: ¿Dónde? ¿A la izquierda? ¿Al frente de nosotros?

Alvarez: No. Exactamente a la izquierda. Es un campo, creo. En todo caso, no hay árboles.

María Josefa: No, no lo veo, pero voy a voltear . . . Sí. Tienes razón. Voy a tratar . . . El viento sopla en dirección contraria. Tenemos que voltear dos veces antes de aterrizar. De todos modos, vamos a tratar.

Entre tanto, en Belgrano, Francisco Castelli y Catalina de Castelli esperan todavía noticias.

Francisco: Es increíble . . . Diez días y no han telefoneado aún.

Catalina: Tal vez han tratado. Tú sabes, los teléfonos en ese país . . .

Francisco: No, no. Es otra cosa.

Catalina: Quizás no han encontrado los templos y las pirámides.

Francisco: ¡Claro que los encontraron! Alonso conoce la región perfectamente y María Josefa también. Es seguro que los encontraron. Es seguro. Ese no es el problema. Tal vez los descubrió el ejército o la policía.

Catalina:	O encontraron figurillas por docenas y centenas y las quieren para ellos.
Francisco:	¿Cómo?
Catalina:	Digo que las guardan para ellos. Después de todo, tu amiga María Josefa . . . y Eduardo, tu primo Eduardo . . . Tal vez ahora están contra tí.
Francisco:	No, nunca. Los conozco. No es posible. . . . ¿Aló? Habla Francisco Castelli.
Suárez:	Buenos días. ¿Tienes noticias?
Francisco:	¡Ah! ¿eres tú? Buenos días.
Catalina:	¿Quién es?
Francisco:	Suárez . . . ¡Ah! amigo, ¿cómo estás?
Suárez:	Oye Francisco. Pregunté: tienes noticias? y quiero una respuesta.
Francisco:	Sí, claro. Tengo noticias. Todo va bien, pero todavía no he recibido las figurillas. Las espero. Las espero de un momento para otro.
Suárez:	Promesas y más promesas; siempre promesas. Ya es suficiente. Soy un hombre de negocios y soy serio. Quiero mis objetos inmediatamente. Los clientes llamaron otra vez esta tarde. Les expliqué la situación. Pero eso es muy difícil para mí. Voy a perder esos clientes, voy a perderlos, ¿comprendes?
Francisco:	Sí, comprendo perfectamente. Pero ya te expliqué.
Suárez:	Y yo voy a explicarte otra cosa. Quiero mis figurillas dentro de dos días, tres, a más tardar.
Francisco:	¿Dentro de tres días?
Suárez:	A más tardar. Ultimo plazo.
Francisco:	Ah bueno; entonces no hay problema.
Suárez:	Así lo espero, para tu bien. Dentro de tres días; último plazo. Me traes los objetos, o me traes el dinero. Queda claro, me imagino.
Francisco:	Te llevo los objetos, sin falta. Gracias por haber llamado y hasta luego.
Suárez:	Me has oído, ¿no es así? Dije: quiero MI dinero o los objetos. ¿Está claro? Hasta luego.
Francisco:	Está muy claro. Hasta luego. Ese hombre es imposible. Ha llamado ya tres veces.
Catalina:	¿Y por qué no hacerlo? Yo lo comprendo.
Francisco.:	Sí. Pero ahora, quiere su dinero.
Catalina:	¿Y has gastado mucho ya?

Francisco:	Pues . . . sí, naturalmente. Le dí un adelanto a María Josefa, a Eduardo y a Alonso. Compré tres pasajes aéreos; y además, la consecusión del avión y del jeep en México. Todo esto cuesta mucho. Pagué sumas grandes. Después de todo, así son los negocios.
Catalina:	Cuando es un buen negocio está bien, pero . . .
Francisco:	Este es un buen negocio. Lo sé. Es un negocio en oro.
Catalina:	¿Pero entonces, por qué no han llamado?
Francisco:	*(desesperado)* ¡Pero yo no sé! Y además, te suplico, Catalina. He dicho, repetido cien veces: mis asuntos son MIS asuntos. ¡Pero! . . . ; ¿no me has entendido?
Catalina:	Está bien, Francisco. Son tus asuntos. Te dejo con tus asuntos. Yo me voy.
Francisco:	¿Te vas? ¿A dónde vas?
Catalina:	Ese es asunto mío. Y "mis asuntos son mis asuntos". ¿De acuerdo, querido? Hasta pronto.

Catalina sale de la habitación. Francisco, angustiado, espera al lado del teléfono.

A bordo del avión están Alvarez y María Josefa. El avión está sólamente a algunos metros del suelo. Va a aterrizar en un campo pequeño, entre los árboles.

María Josefa:	Y ahora . . . A la buena de Dios.
Alvarez:	¡Cuidado, María Josefa! ¡Hay enormes piedras allá, al frente de nosotros, en medio del campo!
María Josefa:	¿Y qué? ¿Las piensas levantar? ¡Ojalá!
Alvarez:	¡Ah, ah, ah!
María Josefa:	Prefiero así. Nada de pánico, ¿quieres? Con un avión sin motor, no es un regalo.
Alvarez:	¡Bravo! ¡Pasaste las piedras!
María Josefa:	Eso es algo. Pero esto no va a ser fácil. Unos segundos más . . . ¡Cuidado! Vamos a tocar tierra. ¡Estás listo?
Alvarez:	¿Listo a qué?
María Josefa:	Vamos a ver . . . Ahí va, mi cuco; un poquito más. Unos metros más . . . ¡Ahí!

El avión toca tierra, rueda, salta, choca, con una piedra se ladea hacia la izquierda y se clava de nariz en la tierra. Frenada en seco; nube de polvo. Ni un movimiento a bordo . . .

En el cielo blanco, tres buitres vuelan lentamente, en silencio, instintivamente . . . El polvo se asienta. Todo está inmóvil.

¿Segundos? ¿Minutos? El tiempo detenido no existe ya. En esta parte del mundo, el tiempo no existe. Pero tres buitres vuelan bajo, allá, sobre un avión estrellado que encierra a un hombre y una mujer.

Han pasado cinco minutos.

Hay algún movimiento en el avión. Alvarez es el primero en moverse.

Alvarez: María Josefa. María Josefa . . . ¿Estás herida? María Josefa, ¿me oyes?

María Josefa: Sí, sí. ¿Qué hice? Hice todo lo posible, lo sabes, no es cierto?

Alvarez: Claro, María Josefa, y tuviste éxito, porque estamos con vida. ¿Estás herida?

María Josefa: No. Pero mira el avión. Lo estrellé todo.

Alvarez: ¡Por favor! ¡No digas bestialidades! No es culpa tuya. Aterrizaste, ¿no? Estamos vivos. ¿Qué más queremos?

María Josefa: Sí, tienes razón. Pero ahora tenemos que salir de este avión pronto. Huele a gasolina.
¡Ay! ¡Mi rodilla!

Alvarez: ¿Te duele?

María Josefa: Sí, la rodilla derecha. Pero no importa. Es sólo un poco. No estoy herida. ¿Y tú?

Alvarez: Ahora estoy bien. Perdí el conocimiento, pero estoy bien. Creo que nos desmayamos los dos, tú y yo.

María Josefa: ¿Qué hacemos ahora? Qué mala suerte! El avión está arruinado.

Alvarez: ¿No es posible reparar el motor?

María Josefa: No sé. Tal vez . . . No es seguro. Pero mira. Dañé el tren de aterrizaje. Imposible decolar así, aún con un buen motor. No, está arruinado; te lo aseguro.

Alvarez: ¡Y los cajones! Voy a examinar los cajones.

Alvarez sube de nuevo al avión. Examina los cajones. No se han movido. Están intactos. Vuelve a donde está María Josefa.

María Josefa: ¿Cómo están?

Alvarez: Todo bien. Están intactos.

María Josefa:	Es al menos algo . . . Pero, ¿qué vamos a hacer? Francisco espera nuestra llamada telefónica, y nosotros aquí, en plena selva. Con una fortuna y sin modo de salir de aquí.
Alvarez:	¿Estamos lejos de la carretera?
María Josefa:	Yo no sé. ¿Tú?
Alvarez:	Volamos . . . treinta minutos, ¿quizás?
María Josefa:	Sí. Hacia el sur. Seguimos la carretera y luego volteamos hacia el este. ¿Por qué?
Alvarez:	Pienso en Alonso, en el jeep.
María Josefa:	¡Ah!, ¡el profesor! No me gusta ese tipo.
Alvarez:	Lo sé. Pero quizás nos haya visto u oído. Puede llegar, quizás . . .
María Josefa:	No lo creo. Y si llega, ¿qué? Es tarde. Cae la noche. Esperar a Alonso aquí sin estar seguros? No, ni esperanza.
Alvarez:	Tienes razón. ¿Tenemos un mapa?
María Josefa:	Sí, traje un mapa. Y hay una brújula a bordo.

Alvarez vuelve a bordo y toma el mapa. Pero la brújula está dañada.

María Josefa:	Un mapa y sin brújula . . . Pero nos guiamos por el sol. Está allá, a la izquierda. Son las cinco y treinta. El oeste es allá . . . Y este es el oeste en el mapa.
Alvarez:	¿Y dónde estamos?
María Josefa:	De verdad que no sé. Y, cómo saber? No hay una montaña, ni una colina, ni un río, nada.
Alvarez:	Sólo tres buitres en el cielo. ¿Y este camino cercano a la frontera que está aquí en el mapa?
María Josefa:	Sí. El camino está en el mapa. Pero yo no lo veo.
Alvarez:	Vamos a buscarlo. Y tenemos que encontrarlo. Es el único medio.
María Josefa:	Sí. Es verdad. Mira: va de norte a sur.
Alvarez:	Y el oeste está allá. Tenemos que ir entonces hacia el este. Por aquí.
María Josefa:	Sí. Así es. Con el sol a la espalda. Y . . . ¿después?
Alvarez:	Este camino va seguramente a alguna parte. Mira: ¿ves? Ahí, en el mapa. Hay un pueblo . . . Santiago de las Piedras. Ahí tiene que haber un teléfono.
María Josefa:	Supongo que sí. En todo caso es la única solución. Con un poco de suerte, vamos a encontrar el camino.

Alvarez:	¿Estás lista entonces? ¿Cómo está tu rodilla?
María Josefa:	Ahí va. Bueno, ¡andando!

Vuelven la espalda al sol y caminan hacia el este, en la selva.

Por la carretera de Mérida va un jeep. El profesor Alonso conduce. Luego detiene el jeep y se baja. Toma el mapa y lo examina.

Alonso: Bueno . . . Esta es la carretera. Estoy aquí en el kilómetro 22. El avión decoló allá, siguió la carretera y luego cruzó hacia el este, por allá . . . ¿qué hacen María Josefa y Alvarez? No sé. Ví el avión, oí el motor y luego, de repente . . . silencio. Aterrizaron, creo. Pero, dónde? Allá quizás . . . Voy a ver. Sí, así es. Voy a ver. Después de todo, tengo tiempo; y con el jeep, no es difícil.

Alonso sube de nuevo al jeep. Da media vuelta. Sus ojos grises tienen una expresión extraña.

PREGUNTAS

1. ¿Qué le sucede al avión?
2. ¿Están heridos María Josefa y Eduardo?
3. ¿Por qué no pueden usar la brújula?
4. ¿Van a esperar a que llegue el profesor?
5. ¿Qué esperan encontrar en el pueblo?
6. ¿Qué hace el profesor mientras tanto?
7. ¿Qué decide hacer el profesor?
8. ¿Cree Ud. que el profesor va a encontrar el avión?
9. ¿Cree Ud. que el profesor causó el accidente?
10. ¿Tiene tiempo Alonso para buscar el avión?

6 ¡Alto!

Por la carretera, Alonso va rápidamente en su jeep. Va tal vez, a demasiada velocidad. Tiene el mapa a su lado. Pronto, llega a una curva. Disminuye la velocidad. Para el jeep después de la curva y examina una vez más el mapa.

Alonso: Estoy seguro de que es por allá. El avión salió por allí. Lo vi. Bajó por allá, a la izquierda. Voy, entonces a dejar la carretera y voy a atravesar por aquí. Hay un caminito. Es posible. El avión tiene que haber aterrizado no lejos de aquí. Voy a seguir ese camino; y con un poco de suerte . . .

Parte y se sale de la carretera. Sigue el camino. No hay allí muchos árboles y puede verse bien a distancia. De cuando en cuando detiene el jeep y mira alrededor. Busca el avión.

Alonso: Nada. Todavía no veo nada. Pero, tanto peor, continúo . . .

Lejos de allí, Alvarez y María Josefa caminan lentamente. Están cansados. Han caminado ya varios kilómetros por un terreno difícil. A María Josefa le duele la rodilla.

Alvarez: ¿Cómo te sientes María Josefa?
María Josefa: Bien. Más o menos bien.
Alvarez: Vas a ver: pronto vamos a encontrar un pueblo . . . ¿Cómo se llama? Se me olvida el nombre.
María Josefa: Santiago de las Piedras. Así lo espero. Y de ahí llamamos a Francisco. Yo lo conozco. Debe estar muy impaciente.
Alvarez: Es normal. Espera nuestra llamada desde hace tres o cuatro días. Vas a ver. Sigamos.
María Josefa: ¡Ay! ¡Mi rodilla!
Alvarez: ¡Mira!
María Josefa: Me duele. Espera un segundo.
Alvarez: Pero mira, María Josefa, ¡mira!
María Josefa: ¿Qué?
Alvarez: Allá, al frente, a uno o dos kilómetros.

María Josefa:	Una iglesia . . .
Alvarez:	Casas . . .
María Alvarez:	Un pueblito. Es, seguramente, Santiago.
Alvarez:	No sé; pero es un pueblo y hay, con seguridad, un teléfono. ¿Te duele la rodilla?
María Josefa:	Sí y no. Pero el pueblo no está lejos.
Alvarez:	¿Seguimos, entonces?
María Josefa:	Sí. Tú adelante, yo te sigo.

Siguen hacia el pueblo.

Alvarez:	Espera, voy a ayudarte. Dame la mano y yo te llevo.

De repente tres soldados, un sargento y dos hombres los detienen.

Sargento:	¡Alto!
María Josefa:	Pero . . . ¿Qué veo? ¿Soldados?
Alvarez:	En todo caso, no son hermanas de la caridad. Esto sí está malo. Oye, vas a sonreír, vas a ser amable con ellos.
María Josefa:	El de adelante, el gordo con bigote, ¿Qué es? ¿ . . . cabo?
Alvarez:	Es sargento, creo.
María Josefa:	Bueno, no importa . . .
Sargento:	¡Alto! ¿Qué hacen Uds. Aquí?
María Josefa:	Buenos días, señores. Buenos días, teniente.
Sargento:	¿Quiénes son Uds.? Muéstrenme sus papeles.
Alvarez:	¿Papeles?
María Josefa:	Pero, ¿qué hemos hecho?
Sargento:	¿Tienen Uds. sus papeles, pasaportes, visas?
Alvarez:	No. Acabamos de tener un . . .
María Josefa:	¿Pero, qué hemos hecho?
Sargento:	Que, ¿qué han hecho? Voy a decirles. Pasaron la frontera sin papeles. Yo los detengo. Síganos.
María Josefa:	Y, ¿a dónde vamos?
Sargento:	A la cárcel del pueblo. ¡Vamos, andando!
María Josefa:	Pero, por favor, teniente . . .
Sargento:	Yo no soy teniente; soy sargento.
María Josefa:	Perdón, sargento. Entonces, ¿qué? ¿Atravesamos la frontera? Pero Ud. sabe, fue un error.
Alvarez:	Sí, nos perdimos, nos . . .

Sargento:	No más. . . . Síganos. Sus historias no me interesan. ¡Andando!

El sargento y sus dos hombres llevan a María Josefa y a Alvarez. Llegan al pueblo. Es un pueblito cerca de la frontera. Hay una iglesia, algunas casas, algunas tiendas pequeñas, un edificio grande blanco; la alcaldía, probablemente. En la calle principal, recta y blanca bajo el cielo, hay dos o tres autos viejos, gallinas, cerditos que caminan libremente y una vaca parda, grande y bella. Los niños juegan football con una lata vieja de conserva. Ven a los tres soldados y sus dos prisioneros y los siguen. El sargento llama a uno de los niños, un chico de unos diez años.

Sargento:	¡Hola, Paco! Ven acá. Mira: ve a mi casa y dile a mi señora: el sargento está ocupado, no puede regresar pronto a casa. ¿Comprendes? Anda, ¡pronto!

Paco y sus amigos corren a casa del sargento. Este, lleva sus prisioneros.

Alvarez:	¿Es esa la cárcel?
Sargento:	¿No les gusta?
María Josefa:	Sí, mucho, es preciosa . . .
Sargento:	Van a permanecer aquí y voy a interrogarlos. Primero, Ud., señora.

Los soldados encierran a Alvarez en una celda. El sargento se sienta y ofrece una silla a María Josefa. La interroga.

Entre tanto, el profesor Alonso sigue buscando el avión. El jeep avanza lentamente sobre un terreno difícil.

Alonso:	Pero, ¿dónde está ese avión? Lo vi. Bajaba por aquí . . . Ah, ahí hay árboles. Puede estar detrás de ellos.

Continúa. Busca alrededor de los árboles. De repente, a cien metros, ve el avión.

Alonso:	¡Ajá! Tuvieron un accidente. ¿Por qué?

Detiene el jeep cerca del avión. Llama:

Alonso:	¡María Josefa, Eduardo! ¿Están ahí? ¿Dónde están? *Baja del jeep. Sube al avión.*
Alonso:	El avión está vacío. ¿Qué pasó? Es evidente que tuvieron un accidente. Pero, ¿dónde están ellos?

Baja del avión y mira alrededor. Busca a Eduardo Alvarez y a María Josefa. Los llama. Baja del avión. Piensa . . .

Alonso:	¿Y los cajones? ¿Dónde están? ¿Por qué no miré? Voy a ver . . .

Sube al avión. Los cajones están ahí, intactos. Están todos ahí, intactos, llenos de figurillas y de máscaras bellísimas.

Alonso:	Pero, ¿dónde están los dos? Se fueron a pie, ¿o qué? Y las cajas . . . No voy a dejarlas ahí. No, sería una tontería. Voy a llevármelas. Las saco del avión, las pongo en el jeep y las llevo a Mérida.

Llama una vez más a Alvarez y a María Josefa. Luego saca las cajas del avión y las pone en el jeep. Hace todo muy rápidamente, sin perder tiempo. Cuando termina, sube al jeep y parte inmediatamente. En sus ojos grises, hay una expresión extraña.

Cárcel, cerca de la frontera. Dos celdas, una junto a la otra. Una para María Josefa y otra para Alvarez. Las puertas de la celda no son de madera o de hierro; son enrejadas. Por eso, es posible hablar y oír al vecino. María Josefa y Alvarez hablan en voz baja.

Alvarez:	Hola, María Josefa! ¿Me oyes?
María Josefa:	Sí, te oigo. Pero cuidado; cuidado con el sargento.
Alvarez:	¿Lo ves?
María Josefa:	No.
Alvarez:	Salió, creo. No hay peligro. ¿Qué te preguntó? Te interrogó, ¿no es cierto?
María Josefa:	Sí, claro. Me interrogó.
Alvarez:	Y, ¿qué te preguntó?
María Josefa:	Por mis papeles, naturalmente.
Alvarez:	Sí. A mí también.
María Josefa:	Me pidió identificación.

Alvarez:	No le hablaste del avión, espero.
María Josefa:	No.
Alvarez:	¿Qué le dijiste?
María Josefa:	Le dije: Pues, estábamos con un amigo que tiene un jeep. Somos turistas y . . .
Alvarez:	¡Bravo! Yo le dije lo mismo.
María Josefa:	Y añadí: Es culpa nuestra, atravesamos la frontera. Pero somos inocentes.
Alvarez:	Perfecto. Yo dije la misma cosa.
María Josefa:	Y, ¿te creyó?
Alvarez:	No sé . . . No creo. Salió, volvió y empezó otra vez. Me interrogó una vez más. Siempre la misma pregunta. ¿Por qué está Ud. aquí? ¿Qué hace aquí? Entonces yo le dije: somos visitantes; somos turistas. Yo colombiano; ella, argentina.
María Josefa:	Yo le dije exactamente la misma cosa. Pero entonces, ¿por qué nos deja en la cárcel?
Alvarez:	¿Y luego se va?
María Josefa:	¿Por cuánto tiempo se habrá ido?
Alvarez:	¿Para dónde fue? ¿A hacer qué?
María Josefa:	Y Francisco espera noticias.
Alvarez:	¿Y Alonso? Me supongo que lo llamó.
María Josefa:	¿A quién? ¿A Francisco?
Alvarez:	Sí.
María Josefa:	No lo creo. Es un hombre extraño, el buen Alonso.
Alvarez:	Y conoce su oficio, creo.
María Josefa:	Sí, seguramente. Pero no me gusta. Además . . . ¿sabes? No estoy segura. Pero . . .
Alvarez:	¿Qué?
María Josefa:	¿Por qué dejó el avión de funcionar?
Alvarez:	Fue el motor, ¿no?
María Josefa:	Sí, Pero es muy extraño. He pensado en todo eso y no comprendo. El motor anda bien, pero de repente, no funciona. ¿Cómo te lo explicas?
Alvarez:	Una falla en el aceite, ¿no?
María Josefa:	Sí, lo creo; y en ese caso o es la bomba del aceite . . . o es falta de aceite.
Alvarez:	¿Crees que Alonso vació el aceite?
María Josefa:	No sé . . .

Alvarez:	Es posible. Claro. Pero, ¿por qué? ¿Para llevarse los cajones?
María Josefa:	Yo no sé, Eduardo; yo no sé . . .
Alvarez:	Pero yo sé una cosa. Vamos a quedarnos aquí.
María Josefa:	¿Y cómo salir de esta cárcel?
Alvarez:	No sé cómo. Pero tenemos que tratar . . .
María Josefa:	¿Tienes alguna idea?
Alvarez:	No ciertamente . . . ¿Tienes dinero?
María Josefa:	Sí.
Alvarez:	Yo también. Tengo todavía quinientos dólares.
María Josefa:	¿Y qué?
Alvarez:	Sabes. Con un poquito de dinero . . . El no gana mucho como sargento . . .
María Josefa:	Es una buena idea.
Alvarez:	Cuidado. Ahí viene.
Sargento:	¡Silencio allá adentro! ¡Silencio! Está prohibido hablar.
María Josefa:	Pero, sargento . . .
Alvarez:	Oiga, sargento, ¿quiere . . .?
Sargento:	¡Silencio!, les digo. Uds. están prisioneros y yo les ordeno: ¡Nada de hablar! Les advierto: una palabra más y se quedan aquí por mucho tiempo.

Pone el revólver sobre la mesa. Enciende un cigarro y mira fijamente a los prisioneros.

PREGUNTAS

1. ¿Qué hace Alonso, en vez de seguir para Mérida?
2. ¿Qué hace con los cajones?
3. ¿Cómo se siente María Josefa?
4. ¿Con quiénes se encuentran María Josefa y Alvarez?
5. ¿Qué les pide el sargento?
6. ¿A dónde van, luego?
7. ¿Cómo es la calle principal de Santiago de las Piedras?
8. ¿Qué le dicen María Josefa y Alvarez al sargento, cuando los interroga?
9. ¿Qué piensan hacer para salir de la cárcel?
10. ¿Por qué no pueden decirle nada al sargento?

7 Churrasco . . .

Casa de los Castelli en Belgrano. Atmósfera sombría. No hay noticias de María Josefa y sus compañeros Alonso y Eduardo. El teléfono suena. Sí, suena muy a menudo. Pero es siempre la misma voz; una voz muy amable: la de Leopoldo Suárez.

Suárez: ¿Tiene Ud. noticias ya?* ¿Sí o no? Mis clientes quieren comprar y . . .

Francisco: *(al teléfono)* Claro: comprendo. ¿Pero qué quiere que haga? Hay un pequeño retraso.

Suárez: ¿Un pequeño retraso? ¿Ud. llama eso pequeño retraso? Tiene noticias, ¿al menos? Quiero saber si sí o no tiene esas famosas figurillas. Las quiero dentro de cuarenta y ocho horas a más tardar.

Francisco: Dentro de cuarenta y ocho horas a más tardar. Lo sé. Ud. me lo ha explicado ya, pero . . .

Suárez: Cuarenta y ocho horas. Es mi último plazo, o si no . . .

Francisco: O si no . . .

Suárez: Si no, me devuelve Ud. el dinero.

Francisco: Vamos, un poco de paciencia. Es simplemente un pequeño retraso. Ud. puede explicarlo a sus clientes, ¿no? Ellos pueden esperar un poco.

Suárez: ¿Esperar? ¿Pueden esperar? Eso es asunto mío y de ellos, pero no suyo. Ud. y yo firmamos un contrato. Y Ud. está retrasado, eso es todo. Si no quiere, o no puede importar las figurillas . . .

Francisco: Claro que quiero y puedo. Pero Ud. y yo lo sabemos.

Suárez: Bueno. Es suficiente. No tengo tiempo para discutir. Ud. me trae las figurillas dentro de cuarenta y ocho horas, o si no, me trae el dinero. Es lo uno o lo otro. Es mi última palabra, mi última. ¿Entiende?

Francisco: Cuente conmigo. ¿Aló? . . . . ¡Aló! ¿Qué pasa? ¡Oh! el asqueroso colgó.

---

*Suárez no tutea a Francisco porque está muy disgustado. El cambio de la forma "tú" a "Ud". es una forma de mostrar indignación.

Castelli cuelga también. Está furioso. Está, sobre todo, in-
quieto. Catalina, su esposa, entra en la sala.

Catalina:	¿Otra vez él?
Francisco:	Sí.
Catalina:	¿Qué quiere esta vez?
Francisco:	Siempre la misma cosa. Las figurillas o el dinero.
Catalina:	¿Y para cuándo?
Francisco:	Para dentro de cuarenta y ocho horas, último plazo.
Catalina:	¿Qué le dijiste?
Francisco:	Nada. No tuve tiempo. Colgó. Y además, ¿qué puedo decir? Sin noticias de María Josefa y Eduardo, ¿qué puedo decir?
Catalina:	Ya lo veo.
Francisco:	¿Qué? ¿Qué quieres decir?
Catalina:	Quiero decir que . . . De veras, ¿quieres saber? Bueno. No confío.
Francisco:	¿No confías? ¿Cómo? ¿Por qué?
Catalina:	Estoy segura de que encontraron objetos hermosísimos; y luego pensaron: ¿Para qué hacer este trabajo por Francisco? Podemos hacerlo para nosotros. Ellos saben el precio de esos objetos. Y desaparecieron con . . . eso es lo que creo.
Francisco:	¡Oh! ¡Tú y tus ideas!
Catalina:	Entonces, ¿Por qué no te han llamado? ¿Puedes explicarlo?
Francisco:	No muy bien.
Catalina:	Yo ya te he dicho: María Josefa es una aventurera.
Francisco:	Estás celosa. Eso es todo.
Catalina:	Y tú, estás enamorado, probablemente.
Francisco:	¡Qué barbaridades dices!
Catalina:	Te digo y te repito: esa mujer es una aventurera. Es piloto, ¿sí o no?
Francisco:	Sí es piloto, ¿y qué?
Catalina:	Le gusta la aventura. Está dispuesta a todo.
Francisco:	Es ridículo.
Catalina:	Tú eres el ridículo. No quieres ver la realidad. Estás dispuesto a todo por ella. Es tu amiguita de antes, ¿no?
Francisco:	¡Eres una tonta! Eso se acabó hace mucho tiempo.
Catalina:	Siempre has estado enamorado de ella; y ella lo sabe, créeme.
Francisco:	Para mí, ella es piloto y nada más.
Catalina:	Y yo, yo no soy tu banco.

Francisco:	¿No soy tu banco? ¿qué quieres decir con eso? ¿Por qué?
Catalina:	¿Por qué? Porque Suárez quiere su dinero. Yo te conozco: vas a pedírmelo a mí. Y yo te digo no. No quiero perder mi plata por una mujer como María Josefa.
Francisco:	Sí, lo sé. No quieres " financiar a mis exprometidas" etc. etc. etc. . . .

Entre Francisco y Catalina es siempre la misma función: peleas, asuntos de dinero, celos. No es nada agradable.

En su prisión, Alvarez y María Josefa tienen otras dificultades. ¿Cómo salir de ahí? Tratan de hablar en voz baja de una celda a otra.

Alvarez:	María Josefa, ¿me oyes?
María Josefa:	Sí, ¿qué pasa?
Alvarez:	Para salir de aquí . . . No sé . . . Pero tal vez podemos telefonear a nuestros consulados.
María Josefa:	¿Y decir qué? ¿Y cómo llamar de aquí?
Alvarez:	Con el permiso del sargento.
María Josefa:	Pero estamos prisioneros.
Alvarez:	De todos modos, podemos preguntarle.
María Josefa:	Seguro. Pero me parece oír su respuesta.
Alvarez:	Sí. Probablemente, tienes razón . . .
María Josefa:	¿Ves? El no tiene nada qué hacer en todo el día, pero ahora tiene dos prisioneros extranjeros. Está muy contento, y quiere dejarnos aquí.
Alvarez:	Quiere dejarnos aquí. Quiere retenernos. ¡Qué bonito! Pero, ¿Hasta cuándo? ¡No puede dejarnos aquí años! Además, yo quiero salir de esta cárcel . . . Tengo hambre.
María Josefa:	Sí, yo también. Un churrasco . . . y un vaso de vino . . . ¿no es del otro mundo?
Alvarez:	¿Qué podemos hacer? No estamos en Buenos Aires. Dime: ¿conoces ese restaurante en Florida?
María Josefa:	¿Cuál? ¿"Las Delicias"?
Alvarez:	Sí. Es excelente, ¿no?
María Josefa:	¡Qué cómico! Allá precisamente comí la noche antes de partir.
Alvarez:	Y tú, ¿cocinas bien?
María Josefa:	Bastante bien.
Alvarez:	Queda todo arreglado. Salgo de esta cárcel, volvemos a Buenos

	Aires; ¡me invitas a tu casa y preparamos una comida deliciosa! Quieres comer, ¿ah? . . . espera . . . Churrasco con ensalada. Sargento Hernández de la Cárcel de San Jerónimo de todas las Américas. ¡Qué delicioso!
María Josefa:	Exquisito.
Alvarez:	Mm . . . lo huelo desde aquí.
María Josefa:	En esas quedamos. ¿De verdad quieres churrasco? Bien. Te invito a almorzar, aquí, en mi linda celdita. ¡Ah! Ahí está nuestro amigo.
Sargento:	¡Silencio! Está prohibido hablar. . . Por aquí.
Alvarez:	¿Podemos irnos?
Sargento:	Voy a interrogarlos. Por aquí . . .
María Josefa:	¿De verdad, podemos salir?
Sargento:	Sí. Vengan.
Alvarez:	¿Podemos salir de la cárcel? Queremos almorzar en un buen restaurante.
Sargento:	Qué cómico es Ud., señor prisionero. Tiene sentido del humor. Bueno, yo también lo tengo.
Alvarez:	¡Qué buena noticia!
Sargento:	Pero no hoy.
Alvarez:	¡Ah! . . .
Sargento:	Mañana, tal vez. Pueden creerme.
Alvarez:	Ah, sí. "Mañana". Mañana. ¡Qué palabra tan bonita!
Sargento:	Sí, señor: mañana.
Alvarez:	O quizás . . .¿pasado mañana?
Sargento:	Exactamente. Muy bien. Ud. me entiende, yo le entiendo. Perfecto.

Ofrece dos sillas a sus prisioneros y toma un sillón para él.

	Bueno. Ahora tenemos que hablar con calma.
Alvarez:	Sí, sargento . . . voy a ser franco con Ud. Quiero salir de aquí.
María Josefa:	Yo también.
Alvarez:	Sí, queremos salir de aquí.
Sargento:	Ya veo. Quieren salir de aquí. Y yo quiero decirles: no es muy fácil.
Alvarez:	Ud. sabe, sargento . . . nosotros . . . estamos dispuestos a . . . es decir . . .

María Josefa:	A hacer un esfuerzo.
Alvarez:	Sí. Eso es. A hacer un pequeño esfuerzo. Y Ud. también, ¿quizás?
Sargento:	Quizás . . .
Alvarez:	¡Ah! Ud. nos comprende.
Sargento:	Pero no hoy.
Alvarez:	Mañana.
Sargento:	Tal vez . . .
Alvarez:	Mañana. ¿Qué quiere Ud. decir exactamente?
Sargento:	Quiere decir . . . Algún día.
María Josefa:	¿Y nunca quiere decir "hoy"?
Sargento:	Nunca . . . ¿Por qué pasaron Uds. la frontera?
Alvarez:	¡Pero ya se lo dije!
Sargento:	Sí, me lo dijo. Y Ud. también lo dijo, señora. Pero, no les creo.
María Josefa:	Ud. no nos cree. Pero es la verdad. Nos perdimos.
Sargento:	¿Nos perdimos? ¿Dónde? ¿Para dónde iban? ¿Qué iban a hacer?
María Josefa:	Pero, ¡por Dios! Tuvimos un accidente y . . .
Sargento:	¿Un accidente?
Alvarez:	*(en voz baja)* ¡Cállate!
Sargento:	Entonces . . . ¿Tuvieron un accidente?
Alvarez:	¡No!
Sargento:	Sí. La señora acaba de decir. Un accidente. ¿Un accidente de qué? ¿De tren, de automóvil, de avión? Piensen en su accidente y me dicen dónde fue. Tienen dos minutos.
María Josefa:	Oye, Eduardo: es una buena idea.
Alvarez:	¿Qué?
Sargento:	¡Yo no soy un idiota! Soy un sargento gordo, con bigote. Me hago el tonto. Pero no soy tonto. No.
Alvarez:	¿Sabe qué?
Sargento:	¿Es verdad? ¿Tuvieron un accidente?
María Josefa:	Sí. Es verdad. Somos turistas. Tuvimos un accidente en un avioncito de turismo.
Sargento:	Muy buenas noticias. Voy a verificarlo. Voy a verificarlo con la policía.
Alvarez:	¿La policía?
Sargento:	Sí, del otro lado de la frontera. Y si es verdad, el asunto está terminado. Los dejo ir. ¡Mañana, quizás . . .!

Ríe y los lleva a sus celdas.

Entre tanto, Alonso va por la carretera de Mérida. Puso en el jeep las cajas con las figurillas y va, demasiado rápido. Encuentra casas, una iglesia, una plaza, un pueblo. Se detiene. Para el auto frente al correo y entra.

Alonso: Perdón, señorita, quiero hacer una llamada, por favor.

Señorita: Sí, señor. ¿A dónde?

Alonso: A Buenos Aires.

Señorita: ¿Buenos Aires, Argentina?

Alonso: Sí, a Argentina. ¿Hay operadora?

Señorita: Voy a ver. Un instante, por favor.

Alonso: Es urgente. Quiero la comunicación ahora mismo.

Señorita: Pero Ud. sabe . . .

Alonso: Señorita, le ruego. Quiero la comunicación ahora mismo. Es muy urgente.

Alonso insiste. Mira alrededor. Está nervioso, inquieto. Insiste.

Alonso: Le ruego, señorita. Es urgente, por favor.

PREGUNTAS

1. ¿Por qué cree Catalina que María Josefa es una aventurera?

2. ¿Cuál es el último plazo que le da Suárez a Francisco?

3. Si Francisco no lleva las figurillas, ¿qué quiere Suárez?

4. ¿Cómo sabe Ud. que María Josefa y Alvarez tienen hambre?

5. ¿Qué planean hacer María Josefa y Alvarez al regresar a Buenos Aires?

6. ¿A dónde va Alonso?

7. ¿Qué quiere hacer?

8. ¿Piensa el sargento dejar ir pronto a sus prisioneros?

9. ¿Cree Ud. que el sargento es tonto?

10. ¿Cómo le parece a Ud. Catalina?

8 Veintiuna

Volvemos a la cárcel. Alvarez y María Josefa están en sus celdas. Esperan . . . El sargento está en su oficina y llama por teléfono. Llama es mucho decir . . . Trata de llamar. El teléfono no es automático. Es manual. Y la línea, no es muy buena.

El sargento grita como un sordo.

Sargento: ¡Aló! ¡aló! Señorita . . . Ud. nos cortó. Aquí, el puesto de la frontera San Jerónimo. Quiero hablar con Santiago de las Piedras . . . ¡Aló! ¡Aló! ¡Aló, ¿el capitán Arias?! Habla el sargento Hernández de San Jerónimo . . . ¿Cómo? . . . No. Hernández . . . ¡Her-nán-dez! . . . Sí, mi capitán. Sí, la línea está malísima. ¿Me oye? . . . Lo llamo, porque tengo aquí dos prisioneros. Dos suramericanos: un hombre, y una mujer. Vienen de allá . . . Pasaron la frontera. No tienen papeles, ni pasaporte, nada . . . Sí, dicen que . . . Dicen que son turistas; que tuvieron un accidente. Un avión pequeño de turismo . . . Un avión de turismo, creo . . . Pero, mi capitán, yo no sé. Creo que no son turistas. Creo que puede ser una cuestión de contrabando . . . Yo no sé. Tráfico de drogas, quizás . . . Por eso, le pregunto si ha habido un accidente aéreo . . . ¿Dónde? Pero allá . . . ¿Cómo? . . . No oigo . . . Digo: Un accidente aéreo. Un avioncito de turismo . . . Sí, mi capitán. *(aparte)* ¡Qué idiota! *(en el teléfono)* Sí, lo sé, mi capitán, pero quiero saber qué hay en ese avión . . . Yo no puedo ir allá. No puedo entrar a su país. No puedo ir a ver. Por eso, mmm . . . ¿Puede? . . . ¡Ah! ¿Va Ud. a enviar una patrulla para buscar el avión? Muy bien, entonces, muchas gracias . . . ¿Vuelvo a llamar? . . . Sí, soy el sargento Hernández, mi capitán. Muchas gracias, mi capitán. Adiós, mi capitán.

Ud. es un imbécil, mi capitán. Si él es capitán, ¡Dios!, yo soy general.

El sargento va a un espejo. Se pasa la mano por el bigote.

Enciende un cigarro. Saluda: General Hernández. General José Luis María Hernández del Ejército Nacional y de la República.

El espejo vibra bajo su voz fuerte. El general vibra también.

En sus celdas, Alvarez y María Josefa no pueden oír bien la conversación telefónica:

Alvarez:	¿Oíste?
María Josefa:	No, nada.
Alvarez:	Creo que habló de contrabando, ¿no?
María Josefa:	Sí, creo que sí. Además, creo que oí la palabra "droga".
Alvarez:	¿Sí?
María Josefa:	Creo que sí.
Alvarez:	Bastante malo. Porque si él cree que tenemos droga, aquí nos deja por largo tiempo.
María Josefa:	Sí. Pero como no tenemos droga, podemos estar tranquilos.
Alvarez:	Pero él habló de contrabando. Nuestras cajas con las figurillas son contrabando.
María Josefa:	Para los del otro lado de la frontera, sí.
Alvarez:	¿Por qué hablaste del avión?
María Josefa:	¿Por qué? ¿por qué? No sé. Lo dije sin pensar . . . ¡Qué tontería! pero . . .
Alvarez:	No es culpa tuya.
María Josefa:	De todos modos, es una tontería.
Alvarez:	Está mejor, quizás . . . Si van a buscar el avión, van a encontrarlo. Van a verificar, pero no van a abrir las cajas . . .
María Josefa:	Porque en ese momento, van a creer que dijimos la verdad.
Alvarez:	¿Por qué no?
María Josefa:	El sargento dijo: "si Uds. dijeron la verdad, si son de verdad turistas, quedan libres".
Alvarez:	Por eso creo que hiciste bien.
María Josefa:	*(en voz baja).* ¡Cuidado! Ahí viene.

El sargento regresa. Parece muy contento. Fuma su cigarro. Sonríe. Se acerca a las celdas de Alvarez y María Josefa.

Sargento:	¿Qué dicen? ¿De qué hablan Uds. dos?
María Josefa:	¿Nosotros? De nada.

Alvarez:	De nada. ¿Y su llamada telefónica?
Sargento:	¿Mi llamada telefónica . . .?
Alvarez:	Ud. acaba de llamar, ¿no?
Sargento:	Ah. Sí, sí, sí . . . Es cierto.
Alvarez:	¿Hay algo de nuevo?
Sargento:	No.
María Josefa:	Ud. sabe y cree que somos turistas. ¿No es cierto?
Sargento:	¿Yo? . . . Yo no sé nada. Pero llamé por teléfono y pedí informes. Vamos a ver, entonces . . .
María Josefa:	¿Tenemos que esperar todavía mucho?
Sargento:	Seguramente, no. Además, podemos jugar a las cartas para que el tiempo pase más rápidamente.
Alvarez:	¿A las cartas? ¿Qué? ¿Póker?
Sargento:	No. No sé jugar al póker. ¿Saben jugar al veintiuna?
Alvarez:	¿Veintiuna? Sí. Yo sé.
María Josefa:	¿Qué es eso?
Sargento:	Ya va a ver. Es muy fácil. Yo se lo explico. Un momento.

Toma una silla y una mesita. Se acerca a las rejillas de las celdas. Saca un paquete de cartas del bolsillo de la camisa. Baraja las cartas.

Sargento:	Si Ud. quiere, puede explicarle a la señora . . .
Alvarez:	No, muchas gracias.
Sargento:	Muy bien. Entonces lo hago yo mismo. Va a ver que es muy fácil . . . ¿Conoce las cartas?
María Josefa:	Sí. As, rey, reina, jota.
Sargento:	Diez, nueve, ocho, siete, etc. Bueno, El rey, la reina, la jota y el diez valen diez puntos. El as, vale once puntos, o un punto.
María Josefa:	Sí . . .
Sargento:	En el momento en que Ud. gana, muestra las cartas.
María Josefa:	Bueno. Pero, ¿si no tengo veintiuna?
Sargento:	Pide otra carta. Supongamos que tiene una jota y un tres . . .
María Josefa:	Trece puntos.
Sargento:	Pide otra carta. El banco se la da. Supongamos que la carta es un ocho. Trece y ocho son veintiuna. Ganó.
Alvarez:	Sí. Pero no lo dices ahí mismo. Guardas las cartas, y dices: planto, planto . . .
María Josefa:	Y los demás siguen jugando. Bueno. Creo que ya sé.

Sargento:	¿Jugamos?
Alvarez:	¿Por dinero?
Sargento:	Sí. Por algunos pesos.
Alvarez:	¡Perfecto!
Sargento:	Yo soy el banco. ¿Les parece?

El sargento toma las cartas y las distribuye.

Sargento:	Dos cartas para cada uno . . . ¿Más?
María Josefa:	Sí. Una más para mí. Y apuesto cinco pesos.
Alvarez:	Yo también.
Sargento:	Y yo . . . tres pesos. Una para Ud. . . Es un cuatro. . . . ¿Otra?
María Josefa:	Sí.
Sargento:	Es un tres.
María Josefa:	Gracias. Planto.
Sargento:	Y . . . ¿Ud.?
Alvarez:	Más, por favor.
Sargento:	Es un diez. ¿Más?
Alvarez:	No más, gracias. Planto.
Sargento:	¿Cuánto tiene?
María Josefa:	Diez y ocho.
Alvarez:	Yo, diez y nueve. ¿Y Ud.?
Sargento:	Rey y caballo. Veinte.
María Josefa:	Él ganó.
Sargento:	(*ríe*) Sí, yo gané.

Toma el dinero y lo pone junto a él.

Sargento:	¿Otra partida?

Juegan varias partidas. El sargento las gana todas. Está de excelente humor. Entre partida y partida, cuenta cuentos.

Sargento:	¿Saben el cuento del ratón y del pino?
María Josefa:	No.
Sargento:	¡Ah, no! Perdón. No es así. Es el cuento del ratón y el elefante.
Alvarez:	No. Ese no lo sé.
Sargento:	Entonces yo se los cuento. Es muy cómico. Creo que los va a hacer reír. Había una vez un ratón . . . Mm . . . No . . . Así no es. Es al contrario. Había una vez un elefante. En Africa. Un día se paseaba y encontró un ratón. Se asustó un poco, eviden-

temente. Uds. saben que los elefantes les tienen mucho miedo a los ratones. Entonces le dijo al ratón. Esperen un segundo . . . Sí, así es . . . El elefante le dijo al ratón: Señorita, Ud. es muy pequeña.

El sargento se ríe como loco.

María Josefa: Ah, sí. Es chistosísimo.

Sargento: ¡Un momento! No he terminado. Entonces, el ratón le respondió: sí señor, es verdad. Un momento, un momento . . . No he terminado. Entonces dice . . . ¡Qué digo! El elefante le dice: Señorita, Ud. es muy pequeña. Y el ratón responde: Es cierto, señor. Pero acabo de reponerme de una enfermedad.

El sargento se ríe como loco.

Juegan otra partida y el sargento gana.

Sargento: Y el cuento de la cebra . . . ¿no lo saben? Es muy cómico. Pero creo . . . ¡Ah! Creo que puedo contarlo, aún delante de una dama.

María Josefa: Sí, sargento. Por favor.

Sargento: Había una vez una cebra . . . Estamos de nuevo en Africa. La cebra era muy jovencita . . . No sabía nada . . . Un día se encontró con una oveja y le dijo: Buenos días. ¿Quién es Ud.? Soy una oveja. Y Ud., ¿qué hace? ¿Yo? Yo hago la lana. La cebra continuó su camino y encontró una vaca. Le dijo: Buenos días. ¿Quién es Ud.? Soy una vaca. ¿Una vaca? ¿Verdad? Y Ud., ¿qué hace? Yo, hago la leche. Muy interesante, dijo la cebra; y continuó su camino. Luego encontró gallinas, y patos, y cabras y . . . Claro, en Africa, hay de todo . . . Finalmente, la cebra se encontró con un toro. Le dijo: Buenos días, señor. ¿Quién es Ud.? Yo soy un toro. Y la cebra le preguntó: ¿qué hace Ud.? ¡Ah! respondió el toro . . .

El teléfono suena y el sargento contesta. Alvarez y María Josefa oyen la conversación. Noticias del otro lado de la frontera? No. Todavía no.

Alvarez: Creo que habla con alguien del pueblo.

María Josefa: Yo creo que el sargento hace trampa. ¿No crees?

Alvarez: Sí, probablemente.

María Josefa:	Gana siempre. Estoy segura de que hace trampa.
Alvarez:	¿Y qué? Eso no importa. Al contrario, lo encuentro excelente. Muestra que le gusta el dinero. Le podemos ofrecer dinero y salir de aquí.
María Josefa:	¡Cuidado! Ahí viene.
Alvarez:	Oye: si quiere hacer trampa, lo dejamos.
María Josefa:	Sí, tienes razón.

El sargento regresa. Toma las cartas.

Sargento:	¿Otra partida?

Mira el reloj.

Las dos ya. Es hora de comer. Bueno. Oigan, Uds. dos. Van a quedarse aquí muy tranquilos mientras voy a tomar una cerveza.

Alvarez:	¡Qué buena idea! ¿Podemos tomar una cerveza también? Mire: aquí tiene veinte dólares. Podría comprarnos dos cervezas y . . . quedarse con el cambio.
Sargento:	¿Cómo? ¿Quedarme con el cambio? ¿Aceptar dinero? Yo, ¿un sargento de la Armada Republicana? ¡Eso es corrupción! ¡Corrupción, nunca! Soy un hombre honesto. Soy padre de doce hijos; un buen ciudadano y un buen soldado. ¿Y Uds. quieren comprarme? ¿A mí? ¡Jamás! ¡Pueden quedarse aquí en la cárcel!

Sale.

María Josefa:	Tú y tus veinte dólares . . . Mal hecho. Mal, verdaderamente mal.
Alvarez:	¡Pero no comprendes! Hice mal, es cierto. Pero sólo porque le ofrecí veinte dólares, y sólo veinte dólares. En el momento preciso voy a ofrecerle cincuenta dólares. Ahí está la diferencia.

PREGUNTAS

1. ¿Por qué es difícil comunicarse por teléfono?
2. ¿Qué piensa el sargento del capitán?
3. ¿Qué piensa Ud. del sargento?
4. ¿Cómo se llaman las figuras del póker?
5. ¿A qué juegan el sargento y sus prisioneros?
6. ¿Cree Ud. que el sargento hace trampa?
7. ¿Cuánto dinero para la cerveza quiere darle Alvarez al sargento?
8. ¿Por qué le da tánto?
9. ¿Cree Ud. que en el futuro Alvarez y María Josefa puedan "comprar" al sargento?

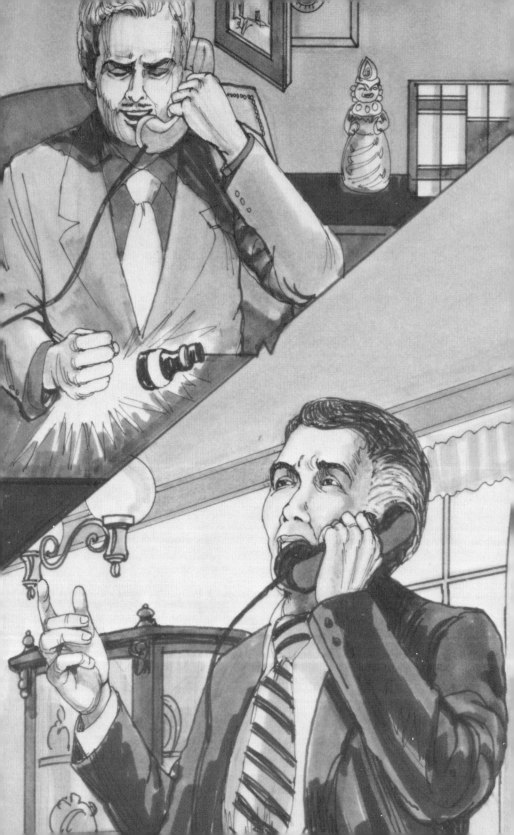

9 Póker

Pueblito en la carretera de Mérida. Plaza del pueblo. Un jeep se ha detenido ante la oficina de correos y, el profesor Alonso ha entrado al correo. Ha pedido una comunicación telefónica con Buenos Aires. Ahora espera; pero está impaciente.

Alonso: Señorita: ¿está lista la comunicación con Buenos Aires?

Telefonista: Sí, señor. Pero hay que esperar. Eso es todo. Puede estar tranquilo. Van a pasarla pronto.

Alonso: ¡Ojalá! Ud. me llama, ¿no es verdad?

Telefonista: Sí, yo lo llamo . . .

Alonso espera. Toma una hoja de papel y escribe. Escribe algunas cifras; y algunas palabras.

Alonso: *(escribiendo)* Estatuas, figurillas pequeñas: trescientos mil, no quinientos mil pesos cada una. Medianas: setecientos mil. Grandes: un millón. Máscaras: un millón, dos millones cada una. Hay una fortuna ahí . . .

La telefonista lo llama.

Telefonista: Señor: ahí está. Es para Ud. Buenos Aires.

Alonso: Gracias.

Telefonista: Puede tomar el teléfono en la cabina.

Alonso: ¿Dónde?

Telefonista: En la cabina del rincón.

Alonso va a la cabina. Descuelga.

Alonso: Aló, ¿aló? . . . ¿Roberto? Soy yo; Juan. Te llamo de larga distancia, de México . . . Sí, todo bien. Muy bien, pero te necesito. ¿Puedes ayudarme? . . . No, te digo que estoy bien. ¿Tienes lápiz y papel? . . . Mira entonces. En la esquina de Esmeralda con San Juan, ¿estás escribiendo? . . . Bueno. En la esquina de esas dos calles, hay una tienda de antigüedades. ¿La conoces? . . . Sí esa es. La que está en toda la esquina. Vas a esa tienda y hablas con el propietario. Puedes decir que es de parte del arqueólogo de Yucatán . . . Le dices que estoy aquí en

México y que tengo una colección muy importante para él . . .
No, no, no. Nada de detalles. Le dices simplemente que es una
colección, una colección procedente de . . . ¿Cómo? . . .
Puedes decirle que es una colección de objetos mayas extraordinarios. También le dices que regreso pronto a Buenos Aires.
No sé exactamente cuándo, pero regreso pronto. Dile que le
ofrezco esos objetos a buen precio. Puedo enviarlos dentro de
algunos días. Pero quiero mi dinero a mi regreso a Buenos Aires.
¿Está todo claro? . . . ¿Puedes hacerme ese favor? Es muy
urgente. ¿Puedes ir a verlo hoy? . . . Sí, es el que queda en
Esmeralda con San Juan . . . Gracias. Eres muy amable. Te
dejo. Hasta luego.

El profesor Alonso pregunta cuánto debe, paga por la comunicación, sale del correo y sube al jeep.

En la cárcel, Alvarez y María Josefa esperan tras las rejas de sus celdas.

Alvarez: Oye, María Josefa, créeme. El sargento no es un hombre fácil. Pero el dinero le interesa y eso es lo que cuenta.

María Josefa: Rechazó tu dinero.

Alvarez: No rechazó mi dinero. Rechazó veinte dólares. No es la misma cosa. Es un detalle . . .

María Josefa: Y te dijo: yo no acepto dinero.

Alvarez: Lo sé, lo sé. Pero es pura fanfarronería. Está jugando al póker. Créeme. Además lo sé bien, Francisco espera noticias en Buenos Aires y yo quiero salir de aquí.

María Josefa: Ya tenemos cuatro o cinco días de retraso. Cuando pienso que todos esos cajones están en el avión . . .

Alvarez: Así lo espero . . .

María Josefa: ¿Qué quieres decir?

Alvarez: Nada. Bueno, mmm . . . la policía o el ejército pueden haber encontrado las cajas.

María Josefa: Y yo, yo no sé. Pero pienso también en Alonso.

Alvarez: ¿Crees que . . .?

María Josefa: Ya te lo dije. No me gusta ese tipo. Tiene algo que me disgusta.

Alvarez: Creo que nos espera en el Hotel Tropicana muy tranquilamente. Mira: ahí vuelve el sargento.

Efectivamente, el sargento llega.

Alvarez: Mira: ¿Viste?

Trae tres botellas de cerveza. Las pone sobre la mesa.

Alvarez: Seguramente es para nosotros. Esta es mi oportunidad. Le voy a dar cincuenta dólares para la cerveza.

María Josefa: ¡Cuidado, por favor! Parece de mal humor.

Sargento: Bueno. Uds. pidieron cerveza. Les traigo dos botellas.

María Josefa: Ah, gracias, sargento. Muchas gracias.

Alvarez: Sí. Es muy amable. Pero . . . un momento.

Alvarez saca un billete de cincuenta dólares del bolsillo.

Alvarez: Queremos pagarle.

Sargento: ¡Ah! No hay prisa. Eso puede esperar.

Alvarez: ¡Pero sargento! La cerveza cuesta dinero. Quisiera pagarle inmediatamente.

Sargento: No, no qué va, qué va. No tiene importancia. Les repito que eso puede esperar.

Mira el billete de cincuenta dólares en la mano de Alvarez.

Sargento: Además, no tengo cambio.

¿Sonríe? Alvarez no está seguro. Prefiere esperar. El sargento destapa dos botellas de cerveza y las da a sus prisioneros. Luego toma una máquina vieja de escribir de un armario, y la pone sobre la mesa. Toma una hoja de papel y la pone en la máquina. Está muy serio. ¿Es este un trabajo difícil para él? Comienza a escribir lentamente, con un dedo. ¡La máquina no hace el ruido de una ametralladora! No es buena para un sargento de la Armada de la República.

Alvarez: ¿Qué hace Ud.?

Sargento: ¡Silencio!

Alvarez: Pero . . .

Sargento: Yo soy el que hace las preguntas . . . ¿Entonces, señora . . .? Su identidad.

María Josefa: Pero ya se la dí.

Sargento: No importa. Puede dármela otra vez.

María Josefa: Pero, ¿por qué?

Sargento:	Aquí soy yo el que hace las preguntas. ¿Apellido?
María Josefa:	Parodi.
Sargento:	¿Nombres?
María Josefa:	María Josefa, Ernestina.
Alvarez:	*(ríe)* ¡Ernestina!
María Josefa:	Vas a ver. Va a interrogarte a ti también.
Sargento:	¡Silencio, por favor! Despacio. Escribo en máquina. ¿Nombres?
María Josefa:	María Josefa, Ernestina. . . .
Sargento:	Fecha y lugar de nacimiento.
María Josefa:	Buenos Aires. 25 de abril de 1954.
Sargento:	¿Dirección?
María Josefa:	¡Si ya le dije todo eso!
Alvarez:	¡Anda, Ernestina!
María Josefa:	Cállate la boca . . . Nepomuceno.
Sargento:	Despacio, por favor. Despacio. ¿Dirección?
María Josefa:	Ayacucho 524.

El sargento trata de escribir la dirección. No parece fácil. Alvarez y María Josefa ríen. El sargento no se atreve a preguntar de nuevo. Pero dice:

Sargento:	¿Buenos Aires?
María Josefa:	Sí. Buenos Aires.
Sargento:	Profesión.
María Josefa:	Sin.
Sargento:	¿Cómo?
María Josefa:	Sin. Sin profesión.
Sargento:	¿Finalidad de su visita?
María Josefa:	¿A dónde?
Sargento:	Finalidad de su visita a la República.
María Josefa:	De veras que no estoy segura. Espere un instante. ¿Qué puedo decirle?
Alvarez:	Puedes decir, mmm . . . razones de familia.
María Josefa:	Vamos sargento, ¡es ridículo!
Sargento:	*(imperturbable)* ¿Duración de la visita?
María Josefa:	Así como vamos, dos años.
Alvarez:	Mínimo. ¡Esto aquí es tan bonito!
María Josefa:	¿Por qué tántas preguntas innecesarias?
Sargento:	Uds. vinieron sin papeles. Yo los lleno. Es la ley.

María Josefa:	*(en voz baja)* ¿Pero, qué es lo que quiere?
Alvarez:	Nada. Pasar el tiempo. Quiere cansarnos. Y entonces, de repente, va a pedirnos el dinero de la cerveza. Me da tiempo, tiempo para reflexionar. Rechazó veinte dólares. El tiene tiempo, pero nosotros . . .

El sargento sigue haciendo preguntas. Es la ley.

En Belgrano, en casa de Castelli, el teléfono suena una vez más . . .

Francisco:	Catalina, ¿quieres contestar?
Catalina:	Es para ti, con seguridad. Es sin duda Suárez.
Francisco:	Bueno. Pero, ¿no quieres contestar?
Catalina:	No. Tus negocios con Suárez no me interesan.
Francisco:	¡Aló!. . .
Suárez:	Aló. Habla Leopoldo Suárez.
Francisco:	Sí. Buenos días.
Suárez:	Oiga. Acabo de recibir noticias muy interesantes.
Francisco:	¿Cómo?
Suárez:	Sí. Una oferta muy interesante de máscaras y figurillas.
Francisco:	¿Cómo? ¿Qué dice?
Suárez:	Tal como ha oído. Objetos extraordinarios que vienen de México.
Francisco:	Me sorprende.
Suárez:	Tal vez. Pero es verdad. Y, como estos objetos van a llegar pronto, necesito dinero en seguida. Esta misma tarde. Nuestro negocio está concluído.

Castelli hace un movimiento de cabeza, pero no por largo tiempo; reacciona pronto.

Suárez:	¡Aló, aló! ¿me oye?
Francisco:	Sí, perfectamente. Y ahora soy yo quien va a asombrarlo. Bueno; está muy bien.
Suárez:	Cómo, ¿muy bien?
Francisco:	Para su agente. Pero yo le advierto. Los objetos de que habla son falsos. *(ríe)* ¡Acabo de rechazarlos!
Suárez:	¿Verdad?

Castelli ríe de nuevo. Trabaja . . . su mentira trabaja.

Francisco:	Sí. Son falsos. "Realmente falsos" si es posible decirlo así. Y yo también tengo noticias. Dentro de una hora exactamente espero un envío.
Suárez:	¿En serio?
Francisco:	Ud. me conoce, Suárez. . . Así que. . . dentro de una hora los objetos están aquí. Me da una hora más para abrir las cajas, examinar los objetos y evaluarlos. Lo llamo dentro de dos horas, ¿está bien?
Suárez:	Si es así . . . Bueno.
Catalina:	¿Qué?
Francisco:	Dice que álguien lo llamó y le ofreció máscaras y figurillas.
Catalina:	¿Que vienen de dónde?
Francisco:	De Yucatán. Entonces le dije: no hay duda de que son falsas. Acabo de rechazarlas. Además, yo también acabo de recibir los objetos.
Catalina:	Pero . . .
Francisco:	Tengo figurillas aquí. Cuando le vendí las otras a Alonso, él me dejó éstas aquí. Me dijo: son bellísimas; muy bien hechas. Pero son falsas. Sólo un experto puede notarlo. Mira: voy a vendérselas a Suárez.
Catalina:	¡Por Dios! ¡Estás loco!
Francisco:	Es muy sencillo. El quiere su dinero en seguida. No tengo otro remedio. Tú comprendes. Si lo que dice es verdad; si verdaderamente recibió una oferta, no puedo esperar. O es mentira . . .
Catalina:	No, no es mentira. Estoy segura de que recibió oferta. ¿Sabes de quién? De tu amiga María Josefa. Fue ella quien lo llamó. Ella lo llamó a él y no a ti.
Francisco:	¡Pero no!
Catalina:	¿Ella o Eduardo te llamaron? No. Conclusión . . .

Estamos en la cárcel. Aquí también suena el teléfono. El sargento contesta. Alvarez y María Josefa escuchan la conversación.

Sargento:	Sargento Hernández . . . Sí, mi capitán . . . ¿De modo que lo encontraron? . . . ¿De veras? . . . ¿Está seguro? . . . ¡Ah! Así todo cambia. Sí, voy a reflexionar.

El sargento está serio. Escucha atentamente y mira a sus prisioneros con gravedad.

PREGUNTAS

1. ¿Por qué está Alonso tan nervioso?
2. ¿Qué va Alonso a ofrecer a Suárez?
3. ¿Qué piensa Alvarez de las cajas?
4. ¿Qué les da el sargento a los prisioneros?
5. ¿Por qué dice el sargento que no recibe los cincuenta dólares?
6. ¿Respetan Alvarez y María Josefa al sargento?
7. ¿De dónde es María Josefa?
8. ¿Por qué dice el sargento varias veces: "despacio", "despacio"?
9. ¿Para qué quiere Suárez su dinero?
10. ¿Qué va a venderle Castelli a Suárez?

10 ¡De nada. . . . !

Estamos en la cárcel. Suena el teléfono. El sargento contesta. Alvarez y María Josefa escuchan la conversación.

Sargento: Sargento Hernández . . . Sí, mi capitán . . . ¿De modo que lo encontraron? . . . ¿De veras? ¿Está seguro? . . . ¡Ah! . . . Así todo cambia. Sí, voy a reflexionar.

El sargento está serio. Escucha atentamente y mira a sus prisioneros con gravedad.

Alvarez: *(en voz baja a María Josefa)* Creo que son malas noticias para nosotros.

Sargento: Sí, mi capitán; le agradezco. Para mí es muy importante, evidentemente . . . Que, ¿por cuánto tiempo los voy a retener? . . . ¡Ah! no sé. Gracias otra vez. Hasta luego, mi capitán.

El sargento cuelga. Va a donde Alvarez y María Josefa, siempre serio. Alvarez está decidido. Completamente decidido. Saca de su bolsillo un billete de cien dólares.

Alvarez: Oiga, sargento, tiene que comprender. Tiene que comprender nuestra situación.

Sargento: ¿Sí?

Alvarez: Queremos salir de aquí. No podemos permanecer aquí días, semanas y meses. Quiere tomar este billete y . . .

El sargento mira a Alvarez. Adopta un aire inocente.

Sargento: ¿Qué es eso?

Alvarez: Un billete de cien dólares.

Sargento: ¿Sí?

Alvarez: Ud. sabe: la cerveza, las dos cervezas. Ud. nos compró dos cervezas y . . .

Sargento: Bueno . . . Si es así . . . Además, por Ud. señora, estoy de acuerdo . . .
De modo que están libres. Pero, ¿cuidado, no? Nada de historias. Voy a llevarlos a la frontera.

María Josefa: Gracias sargento. Muchas gracias.

Sargento:	Pero cuidado. Hay que tener mucho cuidado. Vamos a tomar un caminito.
Alvarez:	Todo está claro. Lo seguimos.
Sargento:	Vengan.

Salen de la cárcel. Pasan detrás de algunas casas; caminan un kilómetro y llegan a una carretera.

Sargento:	Bueno amigos. Ya pasaron la frontera. Están libres ahora. *(ríe como loco)*

El sargento ríe, Alvarez y María Josefa no comprenden por qué. Pero ríen también, un poquito . . .

Sargento:	Miren: están libres. Pueden irse. Y gracias. Gracias por los cien dólares.
Alvarez:	¡Pero no! De nada.

El sargento ríe de nuevo.

	De nada . . .
Sargento:	¡De nada! ¡De nada! Su avión está allá, detrás de los árboles. Los hombres del capitán lo encontraron, pero . . . está vacío. ¡Está completamente vacío! No encontraron nada en el avión. Nada, nada. Amigos: están libres. Váyanse.

El sargento sigue riendo como loco. Toma su revólver. Dispara dos veces al aire. Alvarez y María Josefa corren a toda velocidad.

Aeropuerto de Mérida. Alonso acaba de llegar en el jeep. Se dirige al contador de una aerolínea internacional. Habla a un empleado de la compañía.

Alonso:	Quiero enviar cuatro cajones a Buenos Aires por avión. ¿Es posible?
Empleado:	Claro que sí, señor.
Alonso:	¿Cuándo sale el próximo vuelo?
Empleado:	Nuestro próximo vuelo sale mañana por la mañana.
Alonso:	Está muy bien. Tengo las cajas aquí conmigo, en mi jeep. ¿Le pago y se las dejo?
Empleado:	¡Oh, no señor! Primero es necesario ir a la aduana.
Alonso:	*(serio)* ¿A la aduana?

Empleado:	Naturalmente. Tiene que ir primero a la aduana con sus papeles y las cajas. Yo no puedo aceptarlas sin autorización de la aduana.
Alonso:	Sí, está bien. Pero mire . . . Es que . . . No puedo . . . Tengo las cajas ahí en el jeep; y la aduana está cerrada.
Empleado:	¡Ah sí! . . . A esta hora, está cerrada.
Alonso:	No tengo tiempo de esperar. ¿No puede Ud. recibir los cajones en seguida y mañana por la mañana los pone en el avión?
Empleado:	¡Pero, señor! Acabo de decirle que se necesita la autorización de la aduana.
Alonso:	Sí, muy bien. Estoy de acuerdo. Pero la aduana está cerrada y no puedo esperar. Salgo de Mérida esta noche y quiero enviar esas cajas en seguida. ¿Qué puedo hacer entonces? ¿Puede ayudarme?
Empleado:	Claro que quiero ayudarle. Pero no puedo aceptar las cajas sin autorización de la aduana. Si lo hago, pierdo mi empleo.
Alonso:	Le repito que la aduana está cerrada. ¿Qué puedo hacer? Tiene que ayudarme.
Empleado:	Voy a ver si puedo hacer algo por Ud.
Alonso:	Es muy amable. Le agradezco mucho.
Empleado:	Voy a ir a la aduana. Voy a ver si hay alguien todavía; alguien que pueda examinar y firmar los documentos.
Alonso:	¿Cuáles documentos?
Empleado:	Los documentos de aduana. Hay que llenar esos documentos. Mire Ud. Tiene Ud. que hacer una declaración de aduana. Decir qué hay en los cajones y firmar.
Alonso:	Sí. Ya veo . . .
Empleado:	Bueno. Ud. llena la declaración. Mientras tanto, yo voy a ir al despacho de aduana. Voy a ver si puedo hacer algo por Ud.
Alonso:	Es Ud. muy gentil, muy amable. Le agradezco infinitamente.
Empleado:	De nada, señor, de nada . . .

Alonso parece preocupado. ¿Qué hacer? Hay que llenar la declaración.

En la carretera, cerca de la frontera, están Alvarez y María Josefa. Han corrido. El sargento está ya lejos. Pueden al fin respirar.

Alvarez:	¡Qué puerco ése!

María Josefa:	En todo caso, salimos de allá. Es ya algo. Y ellos no encontraron nada en el avión.
Alvarez:	Pero, ¿dónde están las cajas entonces? ¿Será verdad? ¿Crees que dijo la verdad?
María Josefa:	¿Por cien dólares . . .?
Alvarez:	No son los cien dólares. Es que si de verdad está el avión vacío . . . ¿o es fanfarronería? Con ese tipo todo es posible. En todo caso, se aprovechó de nosotros.
María Josefa:	¿Qué vamos a hacer?
Alvarez:	Hay que volver al avión y verificar.
María Josefa:	Y si la policía o el ejército nos esperan cerca del avión . . .
Alvarez:	Es posible. Pero, ¿qué podemos hacer? Hay que verificar.
María Josefa:	Creo que primero hay que encontrar un pueblo y un teléfono y llamar a Francisco.
Alvarez:	¿Qué vas a decirle a Francisco?
María Josefa:	Lo que nos pasó. Toda la verdad.
Alvarez:	Y, ¿los cajones? Hay que ver si están o no en el avión. Si Francisco te pregunta dónde están las cajas, ¿que le respondes?
María Josefa:	Tienes razón. Hay que averiguar. Hay que encontrar el avión primero.
Alvarez:	Hay que encontrar el avión, ¡y pronto! Después, podemos telefonear.
María Josefa:	Con buenas o malas noticias.
Alvarez:	¿Vienes?
María Josefa:	Te sigo.
Alvarez:	También tenemos que encontrar nuestro camino . . .
María Josefa:	Creo que hay que ir por allá. A la izquierda. El sargento dijo: detrás de los árboles.
Alvarez:	¡Ah! . . . ¡allá!
María Josefa:	Sí. Creo que es por allá. En todo caso hay que ensayar.

Alvarez y María Josefa dejan la carretera. Es preciso encontrar el avión y quizás las cajas con las máscaras y las figurillas. Es lo primero que hay que hacer.

En el aeropuerto de Mérida. En el contador de la aerolínea, Alonso espera. Llenó su declaración de aduana y espera la vuelta del empleado. Este vuelve pronto.

Empleado:	Bueno, señor: ¿ya llenó su declaración?

Alonso:	Sí, ya terminé. ¿Encontró Ud. a alguien en el despacho de aduana?
Empleado:	Sí, encontré a un empleado. Le expliqué su caso, y creo que todo va a ir bien.
Alonso:	¡Ah!, ¡qué bien! Le agradezco muchísimo.
Empleado:	Va a venir, y creo que va a arreglar todo.
Alonso:	Muy bien. Espero entonces.
Empleado:	Va a verificar su declaración, naturalmente. Pero creo que eso se arregla con un poco de . . . bueno. Ud. me comprende, ¿no es verdad?

Alonso mira al empleado de la compañía aérea. No comprende absolutamente nada.

Alonso:	Un poco de . . . ¿un poco de qué?
Empleado:	Primero hay que llenar su declaración y después . . .
Alonso:	Ya lo hice, ya lo hice. Ya llené la declaración.
Empleado:	Y después hay que . . . mmm . . . ¿cómo diría?

El empleado hace un gesto vago.

Alonso:	¿Sí?
Empleado:	En fin, es asunto suyo . . . Pero puede costar algo.
Alonso:	Sí, ya veo. ¡Naturalmente! Hay que pagar. Claro que voy a pagar.

El empleado mira a Alonso. No está seguro si ha entendido bien. Pero después de todo, es asunto suyo.

En casa de los Castelli, Francisco está sentado al pie del teléfono.

Francisco:	Suárez . . . Suárez. ¿Cuál es su número? Como él es siempre el que llama. Creo que no sé el número de su teléfono.
Catalina:	¿Llamas a Suárez?
Francisco:	Le prometí.
Catalina:	¿Vas a ofrecerle las cosas falsas?
Francisco:	Sí.
Catalina:	¡Vender objetos falsos! A un hombre como Suárez . . . ¡Hay que estar loco!
Francisco:	No tengo otro remedio. Además, ya está decidido.
Catalina:	Te advierto que con un hombre como él corres un riesgo horrible.

Francisco:	¿Y qué? ¿Tienes otra idea?
Catalina:	Sí. Abandona ese proyecto.
Francisco:	¿Cómo?
Catalina:	Es preciso decirle la verdad a Suárez. Que no hay noticias, que hay que esperar . . .
Francisco:	Pero, ¡tú eres la que está loca! El quiere su dinero esta misma tarde. Te lo he dicho y te lo repito: ya está decidido, y es asunto mío.
Catalina:	En ese caso, ya que está decidido, llama.
Francisco:	Gracias. . . .
	Aló, ¿amigo? Habla Francisco Castelli . . . Tengo muy buenas noticias para ti, excelentes noticias. Acabo de recibir la primera caja; acabo de abrirla y . . . ¡Es verdaderamente extraordinario! . . . Por desgracia, no hay máscaras. Por el momento, tengo solamente figurillas, pero son bellísimas. Son piezas maravillosas; piezas de colección. Entonces . . . ¿las quieres siempre? . . . ¿Sí? Muy bien. Están aquí en casa. Puedes recogerlas cuando desees . . . Sí, sí, muy bien. Pero debes venir en seguida y traerme el dinero, naturalmente.

PREGUNTAS

1. ¿Qué noticias le da el capitán al sargento?
2. ¿Qué hace Alvarez para salir de la cárcel?
3. ¿Por qué dice el sargento "de nada", "de nada"?
4. ¿Puede Ud. probar que Alonso no tiene sentido práctico?
5. ¿Qué quiere hacer María Josefa antes de encontrar el avión?
6. ¿Por qué quiere Eduardo encontrar el avión primero?
7. ¿Quiere vender Catalina a Suárez cosas falsas?
8. ¿Qué le dice Francisco a Suárez en el teléfono?

11 Todo anda mal

Alvarez y María Josefa caminaron largo rato. Al fin encontraron el avión. Hay que saber ahora si el sargento dijo la verdad. ¿Está el avión vacío?

Alvarez:	¡María Josefa! ¡Ven a ver!
María Josefa:	¿Qué?
Alvarez:	Los cajones . . .
María Josefa:	¿Están ahí?
Alvarez:	Ni pensarlo. Alguien vino y se los llevó.
María Josefa:	No me extraña.
Alvarez:	De modo que el sargento nos dijo la verdad . . . por cien dólares, ¡el canalla! Pero ¿quién, quién pudo pasar por aquí?
María Josefa:	¿Se llevaron sólo las cajas?
Alvarez:	Espera: voy a ver.

Alvarez examina el interior del avión.

Sí, creo que sí. Nada más falta.

María Josefa:	¿Y el revólver? Después del accidente no recogimos el revólver. ¿Está aún ahí?
Alvarez:	Detrás del asiento, no? Voy a ver . . .
María Josefa:	¿Está ahí?
Alvarez:	Sí, aquí está. ¿Quién vino? ¿Quién pudo haber tomado las cajas? Hay que averiguar.
María Josefa:	Es alguien que no registró el avión, ya que el revólver está ahí. Hay dos posibilidades, creo: o fue la policía o la armada.
Alvarez:	. . . o tal vez . . .
María Josefa:	Alonso, claro está. Creo que fue él. Mira, mira. ¿Ves esas huellas de neumáticos? Estoy segura de que son del jeep.
Alvarez:	Tal vez, pero el ejército y la policía también tienen jeeps.
María Josefa:	Te aseguro que es el jeep de Alonso.
Alvarez:	Quizás, pero no es seguro. Si es la policía, es peligroso quedarnos aquí, cerca del avión. Tenemos que irnos inmediatamente. ¡Ven!
María Josefa:	Y si es Alonso quien vino y se llevó las cajas, también tenemos que irnos. Tenemos que encontrarlo.

Alvarez:	Si es él, hay todavía una esperanza.
María Josefa:	Estoy segura de que es él. Hay que encontrarlo.
Alvarez:	¿Crees que haya ido a Mérida?
María Josefa:	Seguramente. Tenemos que ir allá y buscarlo por todas partes. Además, Francisco espera. Tengo que llamarlo y de Mérida, es fácil.
Alvarez:	Debe estar impaciente sin saber nada de nosotros.
María Josefa:	Bueno. Regresemos a la carretera y busquemos a alguien que nos lleve.

María Josefa y Alvarez parten a pie hacia la carretera. Esperan un auto, un camión, un autobús; pero nada. Esperan hace más de media hora. Ni un solo auto ha pasado.

Alvarez:	¿No quieres caminar un poco?
María Josefa:	¿Hacer el viaje a pie?
Alvarez:	No hasta Mérida, pero un tramo, al menos. No podemos esperar aquí horas.
María Josefa:	Yo espero. Me duele la rodilla.
Alvarez:	¿Te duele mucho?
María Josefa:	No. Pero no puedo andar kilómetros a pie . . .
Alvarez:	Bueno. Esperemos.

Esperan al borde de la carretera; una carretera sin circulación.

En el aeropuerto de Mérida, Alonso también espera. Espera al oficial de la aduana. No va a ser fácil exportar objetos de arte. Pero hay que tratar; correr el riesgo. Es su única salida. El oficial de aduanas llega al fin.

Aduanero:	¿Es Ud. quien quiere verme?
Alonso:	Sí, soy yo. Ya llené mi declaración y espero que . . .
Aduanero:	Bien. Vamos a revisar todo eso. Cajas . . . cuatro cajas. ¿Quiere exportarlas?
Alonso:	Sí, a Argentina.
Aduanero:	¿Qué contienen?
Alonso:	Pues . . . ¿Ve Ud.? Escribí aquí, en mi declaración. . . . Aquí . . .
Aduanero:	"Artesanía" ¿Qué quiere decir eso?
Alonso:	Quiere decir: objetos, cosas hechas por artesanos. Ud. conoce el trabajo de artesanía. El trabajo tradicional de los artesanos de los pueblos.

El aduanero mira a Alonso en silencio. Alonso está ansioso y explica de nuevo.

En Argentina, y también en Perú, de donde soy, nos gusta mucho el trabajo de los artesanos mexicanos.

Aduanero: ¿Qué, por ejemplo?

Alonso: Todo. La alfarería, por ejemplo. Los vasos, bandejas, platos y demás cosas así.

Aduanero: Ya veo . . . ¿y cuánto cuesta todo eso?

Alonso: ¡Oh! . . . no mucho. Ud. sabe: lo compré en los pueblos; en el mercado. No pagué mucho.

Aduanero: Tal vez . . . Pero su declaración debe tener el precio de todo.

Alonso: Olvidé . . . Perdón. Un momento; mmm . . . pagué . . . ¡Ah sí! . . .

Aduanero: Bueno. Creo que está listo. Pero . . .

El aduanero lo mira de nuevo, largamente. Alonso está inquieto y nervioso.

Alonso: ¿ . . . Qué dice?

Aduanero: Tienen impuesto. Tiene que pagar impuesto.

Alonso: ¿Qué impuesto? ¿Es mucho?

Aduanero: Impuesto y flete. El flete de aduana.

El aduanero lo sigue mirando.

Aduanero: No sé. Voy a ver. Perdóneme un instante, por favor. Tengo que mirar en la oficina. Ud. puede esperarme aquí. Vuelvo dentro de dos minutos.

Alonso: Como Ud. desee . . .

Aduanero: ¿Ud. no se va, no es cierto? Me espera aquí.

Alonso: Sí, sí. Lo espero. Gracias.

El aduanero lo deja solo. Alonso está ansioso. El aduanero no se llevó el dinero. Se fue. Entró en su oficina. Dijo que regresaba. ¿Por qué? ¿Qué está haciendo? ¿Qué quiere? Alonso no puede hacer nada. Tiene que esperar. Espera . .

En Mérida, no lejos de allí, Alvarez y María Josefa acaban de llegar al centro. Un camión los recogió en la carretera y los trajo. Van de inmediato al hotel Tropicana, que debe servir de sitio de encuentro con Alonso. Entran, y se dirigen a la recepción del hotel.

Alvarez:	Buenos días.
Recepcionista:	Buenos días, señores, ¿qué desean?
Alvarez:	¿Está aquí el profesor Alonso?
Recepcionista:	Un momento, por favor. No creo. Pero voy a ver . . . Recuerdo que tenemos reservaciones para él. Pero . . . No, no señor. No ha llegado.
Alvarez:	¿Está segura?
Recepcionista:	Absolutamente segura.
María Josefa:	¿No ha venido?
Recepcionista:	No, señora.
María Josefa:	¿Y no nos dejó ninguna razón?
Alvarez:	Una razón para el señor Alvarez y la señorita Parodi.
Recepcionista:	¡Ah! Ya me acuerdo. Uds. son los que vinieron hace diez o doce días, ¿no es verdad? Vinieron con el señor Alonso.
María Josefa:	Exactamente. Y reservamos dos habitaciones para nosotros y para el señor Alonso.
Recepcionista:	Sí. Y dejaron sus maletas, creo.
Alvarez:	Sí. Dejamos tres maletas.
Recepcionista:	¿Desean las habitaciones para esta noche?
María Josefa:	Sí. ¿Qué piensas tú, Eduardo?
Alvarez:	Sí, creo que sí.
Recepcionista:	¿Hago subir sus maletas ahora mismo?
Alvarez:	No. Un momento. ¿Dice Ud. que el profesor Alonso no ha venido, no nos dejó ninguna razón, no ha telefoneado ni nada?
Recepcionista:	No señor.
Alvarez:	Pues, si puede guardarnos las maletas . . . Volvemos en seguida.
Recepcionista:	Con mucho gusto.

Alvarez y María Josefa salen del hotel y van a la plaza principal. Allí está la catedral, un museo, tiendas, restaurantes. Entran a un restaurante. Piden café.

Alvarez:	¿Qué le pasaría a ese idiota del* Alonso?
María Josefa:	¡Cómo!
Alvarez:	O la policía lo detuvo . . .
María Josefa:	¡O se fue con las cajas!
Alvarez:	En todo caso hay que encontrarlo. Vas a telefonear a Francisco, me supongo.

---

*"del" Alonso. El artículo se usa con el apellido en forma conversacional para indicar desprecio.

María Josefa:	Sí. Tenemos que hacerlo. Pero, ¿qué voy a decirle?
Alvarez:	Pienso en Alonso. Si se fue con los cajones, no hay duda de que está aquí en la ciudad. Pero, ha podido tener un accidente, o la policía lo detuvo.

Un vendedor de periódicos pasa. Alvarez lo llama y compra un periódico.

Alvarez:	¿Quién sabe? Quizás hay algo en el periódico. Si la policía encontró los cajones; si los tomó del avión, han podido detener a Alonso en la carretera. Si tuvo un accidente, está tal vez en el periódico.
María Josefa:	Tienes razón. Un extranjero que tiene un accidente automovilístico o que es detenido por la policía debe aparecer en el periódico.
Alvarez:	Yo también creo que sí.

Abren el periódico. Pasan las páginas; miran por todas partes. Leen los títulos. Hay bastantes accidentes automovilísticos pero en ninguna ha sido un jeep o el profesor Alonso.

Alvarez:	¿Estará en el periódico de ayer?
María Josefa:	No creo. Ya te lo dije. Alonso tomó las cajas y se fue.
Alvarez:	¿A dónde?
María Josefa:	Tú lo dijiste: está aquí en la ciudad. Trata seguramente de venderlas o de enviarlas por barco o por avión. Es necesario encontrarlo.
Alvarez:	De acuerdo. Pero puede tomar tiempo. ¿No crees que hay que llamar primero a Francisco?
María Josefa:	Sí.
Alvarez:	Acabo de ver el correo. Es al lado de la catedral.

Pagan por el café y van al correo. Una vez allá, piden una comunicación con Buenos Aires.

Telefonista:	¿Para Buenos Aires? Bueno. Pero Uds. saben que hay que esperar.
María Josefa:	¿Cuánto?
Telefonista:	No sé. Dos o tres horas, tal vez.
Alvarez:	¿O inmediatamente? ¿No podemos llamar inmediatamente?
Telefonista:	Sí, es posible. Si desean, la pido inmediatamente, pero cuesta el doble.

María Josefa:	Sí, no importa.
Alvarez:	¿Qué vas a decirle a Francisco?
María Josefa:	Toda la verdad.
Alvarez:	No va a estar contento.
María Josefa:	¿Y tú estás contento? ¿Y, crees que yo estoy contenta? Tengo que decirle la verdad. Eso es todo.

Esperan algunos minutos. La cabina telefónica está cerca de una ventana grande. Miran por la ventana y aguardan. Al fin, la telefonista anuncia la comunicación telefónica con Buenos Aires. María Josefa entra a la cabina y descuelga el teléfono. Alvarez espera fuera de la cabina.

Telefonista:	Es Buenos Aires. Hable.
María Josefa:	¡Aló! Quisiera hablar con el señor Castelli.
Francisco:	Con él habla.
María Josefa:	¿Francisco?
Francisco:	¿Cómo? Eres tú, ¿María Josefa?
María Josefa:	Sí, soy yo. Oye, Francisco . . .
Francisco:	Pero, ¿dónde están? ¿Qué les pasó? Hace cinco días que espero la llamada.
María Josefa:	No pudimos llamar. Tuvimos un accidente; un accidente aéreo.
Francisco:	No están heridos, espero. Y, ¿las figurillas, las máscaras?
María Josefa:	Oye, Francisco. Después del accidente nos detuvieron a Eduardo y a mí. Pasamos dos días en la cárcel y . . .
Francisco:	¿Y, Alonso? ¿Dónde está Alonso? ¿Está con Uds.?
María Josefa:	No. Estoy precisamente muy intranquila. No estoy segura, pero creo que Alonso se llevó los cajones del avión, después del accidente, ¿comprendes?
Francisco:	¡Qué canalla! No me extraña. Eso lo explica todo. Oye: alguien telefoneó a Suárez y le ofreció figurillas. Es Alonso, seguramente. Hay que encontrarlo en seguida.
María Josefa:	Yo le dije a Eduardo: Alonso tiene las cajas.
Francisco:	Sí. En eso estamos de acuerdo. Entonces, escúchame: vas a . . .
María Josefa:	Un momento, por favor. Eduardo me llama. ¿Esperas un segundo?

En efecto, Alvarez llama a María Josefa. Hace gestos. Le pide venir inmediatamente.

María Josefa:	¿Pero, qué pasa?
Alvarez:	¡Alonso! Acaba de pasar. Acabo de verlo en la calle. ¡Ven! ¡Pronto!
María Josefa:	Francisco, escucha! Hay noticias. Alonso. Acaba de pasar por la calle. Te vuelvo a llamar.

Cuelga. Francisco, no oyó bien, se queda en el teléfono y llama:

Francisco:	¡Aló! ¡Aló, María Josefa! . . . ¡Aló!

PREGUNTAS

1. ¿Registró el avión la persona que se llevó las cajas?
2. ¿Por qué las huellas del jeep no son prueba de que Alonso se llevó las cajas?
3. ¿Por qué no pueden Alvarez y María Josefa ir a pie a Mérida?
4. ¿Qué le dice Alonso al aduanero que tienen las cajas?
5. ¿Por qué mira tánto el aduanero a Alonso?
6. ¿Fue Alonso al hotel Tropicana?
7. ¿Para qué compra Alvarez el periódico?
8. ¿Qué va a decirle María Josefa a Francisco?
9. ¿Por qué no termina María Josefa la conversación con Francisco?
10. ¿Por qué se queda Francisco preocupado?

12 El automóvil negro

Casa de Francisco Castelli. Francisco está todavía al teléfono. Está rojo de furia. Piensa que es un error; que alguien descomunicó por equivocación. Trata de establecer de nuevo la comunicación con María Josefa.

Operadora:	No, señor; la persona con quien hablaba colgó.
Francisco:	Le aseguro que no.
Operadora:	Sí, señor; la persona que lo llamó, colgó.
Francisco:	¡Es increíble!

Cuelga e inmediatamente suena el teléfono. Es, seguramente, María Josefa que vuelve a llamar . . . Francisco Castelli contesta inmediatamente.

Francisco:	¡Aló! sí, ¿eres tú, María Josefa?
Suárez:	Habla Leopoldo Suárez.
Francisco:	Ah!, ¿es Ud.? Mire . . .
Suárez:	Tengo que verlo inmediatamente. Es un asunto muy grave.
Francisco:	No. Siento mucho; es imposible. Y tampoco puedo hablar por teléfono. Espero una llamada importante.
Suárez:	Le repito que . . .
Francisco:	Y yo le repito que, "adiós".

Francisco está ciego de rabia.

Mientras tanto, en Mérida, Alvarez y María Josefa salen a toda prisa del correo. Hay que encontrar a Alonso.

María Josefa:	¿Estás seguro de que es él?
Alvarez:	Te digo que lo vi en la calle, ante la ventana de la oficina de correos.
María Josefa:	Y él no te vio, espero . . .
Alvarez:	No. Seguro que no. Lo vi pasar por la ventana del correo. Lo vi, y, en ese momento, abrió un periódico y empezó a leer.
María Josefa:	Tal vez te vio y quería esconderse.
Alvarez:	No, no creo.

María Josefa:	En todo caso, hay que encontrarlo en seguida. ¿Por dónde se fue?
Alvarez:	Por aquí. Siguió por esta calle.
María Josefa:	¿Cómo encontrarlo con este gentío?
Alvarez:	Tal vez entró a un almacén o a un café. Sigamos por la calle y miremos cuidadosamente en todos los almacenes, los cafés; por todas partes.
María Josefa:	Muy bien. Entonces tú miras a la izquierda y yo, a la derecha, al otro lado de la calle.
Alvarez:	Bueno. Dime: ¿hablaste con Francisco, le explicaste nuestro accidente, la desaparición de Alonso y de los cajones?
María Josefa:	Sí; tuve tiempo. Y él, me dijo una cosa increíble. Me dijo . . . ¡Mira! ¡ahí está! ¡Oh no! Me equivoqué. No es Alonso.
Alvarez:	¿Y qué? ¿Qué te dijo Francisco?
María Josefa:	Que alguien llamó a Suárez y le ofreció figurillas.
Alvarez:	Fue sin duda ese canalla de Alonso.
María Josefa:	Claro que fue él. Te lo he repetido cien veces. Y ahora . . . a abrir bien los ojos.
Alvarez:	Si yo lo encuentro, le reviento la boca.

Siguen buscando a Alonso en la calle, en las tiendas, en los restaurantes y cafés. Miran a la derecha y a la izquierda . . . Alvarez llama a María Josefa en voz baja.

Alvarez:	Psst, ¡María Josefa!
María Josefa:	¿Qué? ¿Lo viste?
Alvarez:	No. pero . . . Pasa algo que no es normal. Sigue caminando; mira a la derecha y al frente. Pero, detrás de nosotros, exactamente detrás, hay un automóvil.
María Josefa:	Sí, y, ¿qué?
Alvarez:	Un automóvil que nos sigue.
María Josefa:	¿Estás seguro?
Alvarez:	Sí. Nos sigue. Es evidente. Va muy despacio. Nos sigue. Te lo aseguro.
María Josefa:	¿Crees que es la policía?
Alvarez:	Posiblemente. No quiero mirar. Creo que hay un solo hombre en el automóvil.
María Josefa:	En principio, somos inocentes. No tenemos las cajas. No tenemos nada.

Alvarez:	A mí no me gusta ese automóvil . . . ¿Crees que Alonso nos entregó a la policía?
María Josefa:	Tengo una idea. Hay que saber si el automóvil nos sigue. ¿Ves esa tienda que hay allá, a diez metros?
Alvarez:	¿Donde están los bluejeanes y las camisas?
María Josefa:	Paremos al llegar allá. Si el automóvil se detiene también . . .
Alvarez:	Buena idea.
María Josefa:	Ya . . .

Se detienen. El automóvil sigue adelante. Va siempre muy despacio, pero continúa a lo largo de la calle.

Alvarez:	Bueno. No es a nosotros. No nos sigue. Pero yo me pregunto por qué va tan despacio.
María Josefa:	En todo caso, ¡no es por mis encantos!
Alvarez:	¿Viste al tipo que está en el automóvil?
María Josefa:	Sí.
Alvarez:	Yo no puse atención; no miré bien; es decir; no muy bien.
María Josefa:	Yo lo vi muy bien.
Alvarez:	¿Es un policía?
María Josefa:	Eso mismo me pregunto yo . . . Pero . . . ¿y si sigue a Alonso?
Alvarez:	Tienes razón. Es eso, quizás.
María Josefa:	Hay que mantener los ojos abiertos.

Siguen buscando a Alonso.

Aeropuerto. Contador de Aerolíneas de México. El teléfono suena. Contesta una de las empleadas.

Empleada:	Aerolíneas de México; reservaciones. Buenos días . . . ¿Cómo? Sí señor . . . pero . . . no puedo decirle . . . Perdone, pero no puedo hacerlo . . . ¿Quién? ¿Quién habla? . . . Ah, ya comprendo . . . Sí, sí, evidentemente en ese caso la cosa cambia . . . ¿Qué vuelo dice Ud.? . . . El vuelo de mañana para Buenos Aires. Sí. Es el vuelo 852 . . . ¿Quién? ¿Quisiera por favor repetir el nombre del pasajero? . . . Alonso. Un instante, por favor. Voy a preguntar. Espere, por favor.
Empleada:	¡Carlos!
Carlos:	¿Qué? ¿Qué quieres?

Empleada:	La lista de los pasajeros del vuelo 852 de mañana por la mañana . . .
Carlos:	Aquí está. ¿Qué deseas saber?
Empleada:	¿Quieres verificar el nombre de un pasajero?
Carlos:	¿Cómo se llama?
Empleada:	Alonso.
Carlos:	¿Alonso? Ya sé, . . . sí. Es el tipo que vino con los cajones. No creo que esté en el vuelo de mañana.
Empleado:	¿No quieres verificar?
Carlos:	Un momento, voy a ver . . .
Empleada:	Espere por favor, señor. Estamos verificando y le daremos la respuesta en seguida.
Carlos:	Lo encontré. Alonso, Juan. Pasajero para Buenos Aires. Vuelo 852. Mañana.
Empleada:	Gracias. ¿Aló? . . . Exactamente, señor. Tenemos un pasajero que se llama así. Alonso. Juan Alonso. ¿Está bien? . . . Tiene reservaciones en el vuelo 852 de Aerolíneas de México para Buenos Aires . . . El avión sale a las 10 y 40 de la mañana. Debe presentarse en el aeropuerto una hora antes . . . Sí, hacia las 9 y media . . . Sí, señor. Esta información no la damos a nadie . . . No, seguro. Puede estar tranquilo. Es confidencial. Comprendo perfectamente. . . Sí. Hasta luego.

En las calles del centro de la ciudad Alvarez y María Josefa siguen buscando a su compañero de trabajo. El hombre que los ha traicionado, el profesor Alonso.

María Josefa:	¿Dónde se habrá metido?
Alvarez:	No sé. Tenemos que buscar con cuidado.
María Josefa:	Puede haber tomado un taxi.
Alvarez:	¿Has visto un taxi? Yo no he visto ninguno.
María Josefa:	Entonces debió entrar a un almacén o a un restaurante.
Alvarez:	Tal vez . . . pero hemos mirado por todas partes. No podemos abandonar la búsqueda. Quiero encontrar a ese canalla.
María Josefa:	Hay que encontrarlo; porque ahora es seguro que él se llevó las cajas con las figurillas. Alguien telefoneó a Suárez en Buenos Aires y le ofreció figurillas de Yucatán. Es evidente que es él quien llamó. Ahora se pasea con una fortuna.
Alvarez:	Hablas y hablas . . . Es mejor abrir los ojos y encontrar a Alonso. Y hay que hacerlo pronto.

María Josefa:	Yo quiero encontrarlo. Pero mira tú también, busca. ¿Y el automóvil?
Alvarez:	¿El de la policía?
María Josefa:	El automóvil que acabamos de ver.
Alvarez:	Ya no lo veo . . . Sí, allá está. Allá adelante. ¿Lo ves? ¡Mira! Se detuvo allá.
María Josefa:	Si es un policía que sigue a Alonso, sin duda lo encontró.
Alvarez:	Es muy posible. Alonso tiene que estar por aquí.

Alvarez y María Josefa caminan unos cincuenta metros más. De repente se detienen ante una barbería.

María Josefa:	Ahí está. ¿Lo ves?
Alvarez:	Sí. ¡Cuidado! Nos va a ver. Ven por acá.

Se esconden al lado de la puerta de la barbería. Alonso no los ha visto. Está en un sillón, con la cabeza hacia atrás, un trapo al rededor del cuello. Tiene toda la cara blanca. Tiene jabón en las mejillas, la barba y el cuello. El barbero lo afeita.

María Josefa:	¿Qué vamos a hacer ahora? ¿Esperarlo? ¿Esperarlo aquí afuera?
Alvarez:	No. Si esperamos aquí, se nos puede escapar. Puede haber una salida al fondo de la barbería, ¿quién sabe? No. Voy a entrar. Voy a sentarme y voy a dejar que Alonso me vea. Con seguridad va a verme en el espejo que tiene al frente de él.
María Josefa:	Muy bien. Mírale bien la cara y especialmente los ojos cuando él te vea. Estudia sus reacciones. Hay que saber si tiene miedo. Hay que saber si se esconde, si se esconde de nosotros.
Alvarez:	Sí, hay que saber si quiere huir.
María Josefa:	¿Huir de ahí? ¿Cómo? ¿Con toda la cara enjabonada y una barbera bajo la nariz? Puedes estar tranquilo. El barbero lo tiene aprisionado.
Alvarez:	Sí. Tienes razón. Todo va bien por el momento. Es nuestro. Oye. Tú te quedas aquí. Me aguardas aquí afuera y yo entro y me siento. Voy a ver las reacciones de Alonso.
María Josefa:	¿Y si el barbero quiere afeitarte a ti también?
Alvarez:	Puedo decirle que espero a un amigo. Además, mira: el barbero no puede atenderme ahí mismo. Lo espera mucha gente. Bueno; adiós . . .

María Josefa:	Un momento. Si Alonso huye, yo espero aquí, cerca de la puerta. Cuando pase, le pongo zancadilla y se cae.
Alvarez:	Bueno. Ahora estoy seguro de que lo agarramos.

Alvarez entra en la barbería.

Varias personas esperan. Alvarez se sienta. Un muchacho se dirige a él.

Muchacho:	Perdón, señor; pero, ¿puede esperar un momentito?
Alvarez:	Sí, claro. Tengo tiempo.
Muchacho:	Lo atiendo dentro de unos minutos.
Alvarez:	Perfectamente. Gracias.

Alonso está todavía en el sillón. Tiene la cabeza inclinada hacia atrás y mira hacia el cielo raso. El barbero lo afeita. Alvarez espera ver la cara y los ojos de Alonso en un espejo enorme que está frente al sillón.

Pero afuera . . . afuera pasa algo. María Josefa se acerca a la puerta; hace señas; quiere llamar a Alvarez, llamarle la atención. Pero, ¿cómo? Alvarez sigue mirando al espejo. No ve a María Josefa que le hace señas desesperadas. Vuelve al fin la cabeza. Ve a María Josefa. Le hace señas: ¡Ven, ven, sal, pronto! Alvarez no comprende por qué. Se pregunta: ¿qué quiere María Josefa? Pero María Josefa insiste. Alvarez se levanta entonces y sale rápidamente de la barbería.

Alvarez:	¿Qué pasa?
María Josefa:	¡Por aquí, rápido! Tenemos que escondernos.
Alvarez:	¿Pero qué? ¿Estás loca? Ya lo agarramos.
María Josefa:	Ven por aquí. Oye. En la barbería . . .
Alvarez:	¿Qué?
María Josefa:	¿No lo viste?
Alvarez:	¿A quién?
María Josefa:	Al hombre del automóvil.
Alvarez:	¿Cómo? ¿El hombre del automóvil que nos seguía? Es decir: del automóvil que . . .
María Josefa:	Sí. Está ahí en la barbería. Sentado en una silla. ¡Es un policía! Está sentado al fondo de la barbería. Lo vi claramente. Vigila a Alonso.

PREGUNTAS

1. ¿Quién llama a Francisco cuando está furioso?
2. ¿A quién buscan Alvarez y María Josefa?
3. ¿De qué se da cuenta Alvarez?
4. ¿Qué hacen para saber si el automóvil los sigue a ellos?
5. ¿Quién cree Ud. que llama a la compañía aérea?
6. ¿Por qué no es fácil encontrar a Alonso?
7. ¿Cuándo piensan Alvarez y María Josefa que es fácil agarrar a Alonso?
8. ¿Qué hacen entonces Alvarez y María Josefa?
9. ¿Por qué llama María Josefa a Alvarez?

13 Persecución

Alvarez salió rápidamente de la barbería. María Josefa lo llamaba y él no sabía por qué. Ahora, le explica lo que pasa.

María Josefa: ¿Cómo? No lo viste?

Alvarez: ¿A quién?

María Josefa: Al hombre del automóvil.

Alvarez: ¿Cómo? ¿Del automóvil que nos seguía? Es decir, del automóvil que . . .

María Josefa: Sí. Está en la barbería. Sentado. Es un policía; no hay duda. Está sentado al fondo de la barbería y yo lo vi claramente. Vigila a Alonso.

Alvarez: ¿Estás segura de que es él?

María Josefa: Segurísima. Ven, tenemos que escondernos.

Alvarez: Bueno. Crucemos la calle.

Atraviesan la calle y se esconden detrás de una puerta, al frente de la barbería.

Entonces es un policía, ¿ah?

María Josefa: Sí. Siguió a Alonso, en auto. Lo vio en la barbería. Se detuvo; entró y se sentó también muy tranquilamente.

Alvarez: Como yo . . .

María Josefa: Mientras el barbero afeita, el policía espera tranquilamente.

Alvarez: Tuvo la misma idea que nosotros. Es curioso, no obstante, que yo no haya visto al policía.

María Josefa: Nada sorprendente. Mirabas continuamente a Alonso por el espejo.

Alvarez: ¿Por qué no? Quería estar seguro.

María Josefa: No digo que no. En todo caso es una suerte haber visto al policía. Por eso te llamaba.

Alvarez: Sí. Pero ahora Alonso está allá, y nosotros aquí.

María Josefa: ¿Prefieres estar allá, junto al policía que vigila a Alonso? Bueno; anda, regresa entonces a la barbería.

Alvarez: ¿Por Dios, qué te pasa?

María Josefa: No comprendes, ¿eh? Mira: allá hay un policía que vigila a

	Alonso. Tú también vigilas a Alonso. Muy sencillo. Si Alonso te ve y te habla, estás perdido. Te conviertes automáticamente en cómplice de Alonso.
Alvarez:	Sí, sí, tienes razón. Comprendo. Hiciste muy bien.
María Josefa:	Y ahora, hay que reflexionar seriamente.
Alvarez:	En todo caso, una cosa es cierta. Alonso está allá y no podemos dejarlo escapar. Hay que esperar, aunque el policía esté ahí también. No podemos quitarle los ojos. Cuando salga, los seguimos a él y al policía.
María Josefa:	Sí. Pero . . .
Alvarez:	Es un riesgo; pero hay que correrlo. Hay que saber a dónde va; qué hace.
María Josefa:	¿Y si el policía lo detiene?
Alvarez:	Hay que saberlo también.
María Josefa:	Yo creo que está perdido. El policía lo va a detener.
Alvarez:	No es seguro. Quiere, tal vez, seguirlo, saber a dónde va. Quizás espera encontrarnos a nosotros también. Probablemente se ha dicho: "No hay duda de que Alonso tiene cómplices. Si lo detengo, no puedo encontrarlos. Si por el contrario, lo dejo en libertad, y lo sigo, puedo saber quiénes son sus cómplices". Eso es lo que piensa.
María Josefa:	Es lógico.
Alvarez:	En ese caso vamos a seguir a Alonso. Vamos a poner mucha atención. Vamos a seguirlo. Es necesario. Porque tú sabes, Alonso . . . puede haber visto al policía; sabe, tal vez, que lo sigue. En tal caso, si puede escaparse, va a tratar de hacerlo.
María Josefa:	Es verdad. Es un riesgo que tenemos que correr.
Alvarez:	Con un poco de suerte, en la calle, con este gentío, podemos agarrarlo. Es el único medio; porque hay que encontrar las cajas lo más pronto posible.
María Josefa:	¿Qué vamos a hacer entonces?
Alvarez:	Esperar. Es el único medio. Esperar . . .

Entre tanto, en Buenos Aires, en Belgrano exactamente; en casa de los Castelli, el ánimo está por el suelo. Francisco está nervioso, inquieto. Se para y vuelve a sentarse en seguida. Se para, se pasea por la sala. Va de una ventana a otra. Mira para afuera; vuelve a su silla y se sienta de nuevo. Mira el teléfono. Catalina lo llama.

Catalina:	¡Francisco: creo que tenemos visita!
Francisco:	¿Qué?
Catalina:	¿Esperas a alguien?
Francisco:	No. A nadie. ¿Por qué?
Catalina:	Un automóvil blanco acaba de llegar. Acaba de deternerse ante la casa.

Francisco se levanta y va a la ventana. Se esconde detrás de una cortina y mira. Ha visto ese auto antes . . .

Francisco:	Pero, ¿quién es?
Catalina:	¿Sabes quién es?
Francisco:	¡Ay! ¡Es él otra vez!
Catalina:	¿Quién?
Francisco:	Suárez. Voy a esconderme. Dile que no estoy en casa; que salí.
Catalina:	¿Por qué? ¿Qué sucede?
Francisco:	Me llamó hace poco. No le hablé. Le colgué. Pero quiere hablarme, lo sé. Me dijo: "es algo grave".
Catalina:	Ya veo . . . Las figurillas. Las falsas.
Francisco:	Mira: es él. Ahí viene. Dile que no estoy.
Catalina:	No Francisco. Por nada del mundo. Quiero ayudarte, pero no así. ¿Cómo? Le digo que saliste, y ¿qué?
Francisco:	¿Vas a abrir?
Catalina:	Si quieres. Pero, oye, Francisco: debes quedarte aquí; debes recibirlo.
Francisco:	Bueno. Lo recibo.

Catalina abre la puerta.

Suárez entra. Trae un paquete grande. Saluda a Catalina, pero con dos palabras sólamente.

Suárez:	Buenas noches.

Se dirige a la sala. Catalina está avergonzada.

Catalina:	Francisco está precisamente en la sala. Lo espera.

Suárez entra a la sala. Pone el paquete sobre una mesa y se vuelve hacia Francisco Castelli.

Francisco:	Buenas noches, amigo.
Suárez:	En primer lugar, no me llame "amigo". En segundo lugar, soy

	yo quien habla aquí. Se acabó la comedia; se acabó. ¿Comprende?
Francisco:	¿La comedia? Ud. es el que viene con escenas.
Suárez:	¿De veras? Ahora, señor, vamos a arreglar cuentas. Yo le di dos cheques. Ahora, quiero mi dinero inmediatamente.
Francisco:	Pero . . .
Suárez:	¡No hay "pero" que valga"! No más promesas. Se acaba todo, ¿me oye? ¡Ah! Ahora lo conozco. ¿Se atreve Ud. a llamarse hombre de negocios?
Francisco:	¿Por qué no? Firmamos un contrato. Lo he cumplido, con un poco de retraso, pero juro que lo he cumplido. Y dentro de dos días a más tardar espero una colección extraordinaria.
Suárez:	¿De veras? Me sorprende. ¿Una colección extraordinaria?
Francisco:	Sí. Piezas maravillosas. Acabo de recibir una llamada telefónica de allá y . . .
Suárez:	¿Piezas maravillosas? Unicas, sin duda . . . Como las que me vendió el otro día, las que compré y pagué con verdadero dinero; con billetes verdaderos.
Francisco:	¿Qué quiere decir?
Suárez:	¡Palabras, promesas, palabras! Voy a mostrarle lo que quiero decir. Voy a mostrarle, señor, y no con palabras.

Suárez se voltea. Toma el paquete que está sobre la mesa. Mira a Castelli detenidamente.

	¿Ve este paquete? Sabe qué hay adentro? Sus figurillas, las que me vendió el otro día.
Francisco:	¿Y qué?
Suárez:	¿Qué? Mírelo, mírelo bien por última vez.

Acerca el paquete a los ojos de Castelli.

¿Lo vio bien? ¡Perfecto!

Suárez se dirige a Catalina.

Suárez:	Perdone señora que haya ensuciado su alfombra con . . . con este . . . con este . . . este barro que no vale nada.
Francisco:	¡Está loco! Voy a . . .
Catalina:	Francisco, por favor . . .
Francisco:	¡Qué imbécil es Ud!
Suárez:	¡Oh, no! Ud. lo creyó así. Pero no lo soy. ¡Esos objetos son

falsos! Falsos, como acaba de ver. La prueba está ahí, en los pedazos que están en el suelo. ¿Sabe una cosa? Puedo reportarlo todo a la policía. Sí, señor, todo.

Francisco: ¿Por ejemplo?

Suárez: Que Ud. es un ladrón y un farsante . . .

Francisco: Muy bien. Y ahora, dígame: esa famosa llamada telefónica que Ud. recibió . . . La llamada de México, supongo . . .

Suárez: No. No fue comunicación directa. Pero tengo ya una fuente de provisión bien entendida.

Francisco: ¿De veras?

Suárez: Sí, señor. ¡Y ésos son objetos auténticos!

Francisco Castelli ríe.

¡Ría!, ¡Ría! No importa. Yo quiero mi dinero inmediatamente para pagar esos objetos. Los espero, y quiero mi dinero ahora mismo.

Francisco: Ahora mismo, SEÑOR, va Ud. a sentarse y a oírme. Es su turno. Insisto. Está Ud. en mi casa. Le ofrezco una silla. Es cuestión de cortesía . . .

Suárez se sienta. Castelli comprende que ya ha tomado ventaja. Se pasea al rededor de la silla y se detiene al fin, al frente de Suárez. Francisco Castelli se queda de pie y mira largamente a Suárez.

¡Bueno! Vamos a hablar de sus nuevos objetos. Están aún en México, ¿no es verdad? . . . ¡Ah!, le suplico, nada de protestas. Lo sé. En ese caso, es muy sencillo: yo se lo informo a las autoridades mexicanas.

Suárez: ¿Cómo? Pero . . .

Francisco: No hay "peros" que valgan . . . ¿Se acuerda de esta frase? Ud. me la acaba de decir. Ahora me toca a mí. Sí, puedo informar a las autoridades mexicanas. A la aduana, para ser más preciso. Yo, no tengo nada que perder. Ud. sí; todo. Si me permite, entonces, voy a hacerle una pregunta y Ud. va a responderla . . . Esa fuente de provisión en México, la otra; la nueva fuente, ¿quién es? ¿Quién? . . . Lo oigo.

Suárez: Alguien que es honesto. No como Ud. No un amateur; no un ladrón como Ud. Es un arqueólogo.

Francisco: *(ríe)* Suárez, ¡por Dios! Ud. es ingenuo. Yo conozco a su arqueólogo. Y voy a decirle algo más. Esas figurillas que Ud. quebró tontamente, las examinó un arqueólogo. Las autentificó. Las evaluó. Sí, Suárez. Ese arqueólogo es MI arqueólogo. Y creo que también es el suyo . . .

Suárez: ¡Es una locura!, ¡es increíble!

Francisco: No, no. Es la estricta verdad. Sí. Es el profesor Juan Alonso. Yo también recibí una llamada telefónica, Ud. lo sabe. ¿Ve Ud.? Los dos . . . nosotros . . . cómo decirlo? Los dos estamos en la misma situación. Una copa de champaña? . . . Claro, claro, por favor, Catalina, un poco de champaña para nuestro amigo Leopoldo . . .

En Mérida, Alvarez y María Josefa siguen esperando al frente de la barbería. Están impacientes.

Alvarez: Va a salir al fin, ¿sí o no? ¿Qué hace?

María Josefa: Mira: ahí sale el policía.

Alvarez: ¿Solo?

María Josefa: Sí. Y mira: se sube al automóvil.

Alvarez: Pero . . . ¿qué pasa?

María Josefa: Ahí sale Alonso.

Alvarez: El auto se va. . . . ¡Ven! Hay que seguirlos.

Alonso, el automóvil, Alvarez y María Josefa llegan a una encrucijada.

¿Qué sucede? Música, trombones, trompetas, guitarras, maracas, tambores, cantantes. Es una fiesta. En todo caso, el automóvil no puede atravesar la encrucijada. Alonso se escapa por entre los músicos.

Alvarez: ¡Pronto, María Josefa! ¡Pronto! Alonso huye. Tenemos que correr detrás.

Alvarez y María Josefa se meten entre la multitud. Empujan. Hay que pasar. Hay que encontrar a Alonso. ¡Por fin! Ya están al otro lado de la encrucijada. Pero Alonso no se ve por ninguna parte.

PREGUNTAS

1. ¿Qué hace el policía en la barbería?
2. ¿Por qué tuvo que salir Alvarez de la barbería?
3. ¿Qué hacen María Josefa y Alvarez al frente de la barbería?
4. ¿Qué cree Alvarez que piensa el policía?
5. ¿Cómo está el ánimo en casa de los Castelli?
6. ¿Por qué recibe Francisco a Suárez?
7. ¿Qué desea Suárez?
8. ¿Qué hace Suárez con el paquete que trae?
9. ¿Cómo amenaza Suárez a Francisco?
10. ¿Cómo amenaza Francisco a Suárez?
11. ¿A dónde llegan el automóvil, Alonso, Alvarez y María Josefa?
12. ¿Por qué tiene Alonso oportunidad de escapar?

14 Tres cajas por una

Alonso huyó. Alvarez y María Josefa lo buscan. No hay duda de que se escondió. Sabe que está en peligro. ¿En peligro de quién? ¿Lo sabe?

A cien metros, del otro lado de la calle, un automóvil pasa; un automóvil rojo y blanco. Alvarez y María Josefa oyen una voz que grita; "Taxi". Un hombre sale de una callejuela y corre al taxi. Es Alonso.

Alonso:	Al hotel Las Palmas. ¡Pronto!
Chofer:	¿Al hotel Las Palmas? ¿Dónde es?
Alonso:	¡Yo no sé! En la calle sesenta, creo. ¡Rápido, por favor!

Alonso abre la puerta del taxi. Va a subirse. Está casi adentro. El taxi va a partir. Un segundo más y Alonso va a cerrar la puerta. Pero Alvarez y María Josefa se lanzan sobre él.

Alvarez:	¡Suba, Alonso, suba!
Alonso:	Pero . . . ¿Cómo? Es Ud. . . .
Alvarez:	Sí, profesor . . .
María Josefa:	Somos nosotros.

Alvarez y María Josefa suben al taxi y cierran la puerta.

Chofer:	¡Ajá! Ahora son tres . . .
Alonso:	¡Ah . . . ! amigos . . . ¡Pronto! Hay que partir de aquí.
Alvarez:	Vamos, chofer, ¡en marcha!
Chofer:	Sí, señor. Pero, ¿a dónde?
Alvarez:	¡En marcha!

El taxi parte.

María Josefa:	Y . . . señor profesor . . .
Alonso:	¡Oh amigos! ¡Qué aventura! Pero al fin los encuentro. Los he buscado por todas partes.
María Josefa:	¿De veras?
Alvarez:	¿En el hotel Tropicana, por ejemplo?
Alonso:	Pero, ¿no me comprenden? Yo . . . yo fui . . . Un hombre me sigue.

María Josefa:	Lo sabemos.
Alonso:	Un policía. Es un policía.
Alvarez:	Sí. Lo sabemos también. Y, ¿por qué lo sigue?
María Josefa:	De veras . . . ¿Qué ha hecho Ud. señor profesor?
Alonso:	¡Por fin los encontré?
María Josefa:	Fuimos más bien nosotros los que lo encontramos a Ud. ¿No cree?
Chofer:	¿A dónde vamos?
Alonso:	Yo no sé. No . . .
Alvarez:	Yo sí sé. Vamos a su hotel. A la dirección que Ud. le dio al chofer.
Alonso:	No, no. Es demasiado peligroso.
María Josefa:	¿Por qué? Chofer: vamos al hotel.
Chofer:	¿Al hotel Las Palmas? ¿Calle sesenta, dijo?
Alonso:	No. Espere. No podemos ir al hotel. No quiero.
Alvarez:	Pero nosotros queremos.
Alonso:	Les repito que . . .
Alvarez:	¡Cállese; canalla!
María Josefa:	Vamos, Eduardo. Hay que ser amable con el señor profesor . . . ¿no es cierto profesor, querido y buen amigo?
Alonso:	¿Qué es lo que quieren de mí?
Alvarez:	Va a saberlo pronto . . . en la habitación de su hotel.

Alonso tiene pánico. Hace un movimiento hacia adelante como para abrir la puerta del taxi. Alvarez saca el revólver y lo pone en la espalda de Alonso. El taxi va hacia la calle sesenta, lejos del centro de la ciudad.

El taxi se detiene ante una casa vieja, amarilla que tiene un jardín con palmeras. Hotel Las Palmas.

Chofer:	¿Es aquí?
María Josefa:	Supongo que sí.
Alvarez:	Alonso: el chofer le habla. ¿Es aquí?
Alonso:	Sí . . . Es aquí. Sí.
Alvarez:	Pague entonces y dé una buena propina al chofer. Es muy amable.

Bajan del taxi. . . . Alonso paga. . . . El taxi se va.

Y ahora nada de historias. Entramos al hotel, Ud. pide su llave y subimos a su habitación. ¿Entendido?

Entran. Es un hotelito miserable, triste, en un suburbio de la ciudad. Su nombre, Las Palmas, evoca la playa, el aire libre, las vacaciones. No hay nadie en la recepción.

Pide su llave.

Alonso:	¿Hay alguien por aquí? . . . ¡Señora!
Ama:	¡Ah!; ¿es Ud. conde Nado?
María Josefa:	¡Ajá!, con que ahora es Ud. conde. Condenado, probablemente.
Ama:	Ud. tiene amigos, ¿no?
Alvarez:	Sí, exactamente. Amigos . . .
Ama:	¿Desean Uds. . . .?
Alvarez:	Dé por favor la llave al Rey de España.
Alonso:	Sí, deme la llave, por favor . . . Gracias, señora. Con perdón. Vamos.

Suben a la habitación de Alonso, quien abre la puerta. Alvarez la cierra con llave.

María Josefa:	Bueno, conde Nado.
Alvarez:	¿Ud. prefirió este hotel al Tropicana?
María Josefa:	Queremos explicaciones.
Alonso:	Uds. no me comprenden, amigos míos. Uds. no pueden quedarse aquí. Deben irse inmediatamente. Les ruego. Es por su propio bien.
Alvarez:	Y por el suyo también, sin duda.
María Josefa:	¿Por qué no fue al Tropicana? ¿Por qué se esconde Ud. en este hotel?
Alvarez:	Y bajo un nombre ridículo.
Alonso:	Porque la policía me sigue. Tengo miedo. Tengo miedo por mí y por Uds.
María Josefa:	¿Tiene miedo por nosotros?
Alvarez:	Se equivoca, señor profesor.

Alvarez saca el revólver de su bolsillo y lo pone sobre la mesa.

Alonso:	Pero, ¿qué quieren de mí?
María Josefa:	¿La policía lo persigue? Ya lo sabemos. ¿Desde cuándo?
Alonso:	Desde . . . hace dos días, creo.
Alvarez:	¿Desde hace dos días? Y Ud. está en la ciudad hace tres días. ¿Por qué, entonces no fue al Tropicana el primer día?

Alonso:	Porque . . . Ya les dije que la policía me sigue. Por eso busqué un hotelito tranquilo y di un nombre falso.
María Josefa:	Muy bien, conde Nado, pero, . . . ¿por qué no llamó al Tropicana? ¿Por qué no nos dejó ninguna razón?
Alvarez:	¿Un mensaje telefónico para advertirnos, para darnos su dirección?
Alonso:	Les suplico . . . estoy en peligro. La policía me sigue.
María Josefa:	¿Por qué lo sigue la policía?
Alonso:	No sé. Tal vez la policía sabe que nosotros visitamos las pirámides.
Alvarez:	Es posible. Pero, ¿por qué lo sigue la policía a USTED y no a nosotros?
Alonso:	No sé . . . no sé.
Alvarez:	Bueno. Voy a decírselo. La policía lo sigue a Ud. porque es Ud. quien tiene las cajas.
Alonso:	¿Las cajas?
María Josefa:	Sí. Las cajas.

Alvarez toma de nuevo el revólver.

Alonso:	¡Dios mío! ¿Está Ud. loco? ¿Qué quiere?
Alvarez:	La verdad.
María Josefa:	¿Qué hizo Ud. el otro día, después de nuestro accidente?

Alvarez se levanta y se acerca a Alonso con el revólver.

Alvarez:	¿Ahora va a hablar?
María Josefa:	Después del accidente, Ud. fue allá, ¿no es cierto? y encontró el avión.
Alonso:	Pero . . .
Alvarez:	Nada de "peros" profesor. Es sí o es no.
Alonso:	Mmm . . .
Alvarez:	¿Sí o no?
María Josefa:	Nosotros sabemos la verdad. Hable. Escuchamos.
Alonso:	Sí.
Alvarez:	¡Ah! . . .
Alonso:	Sí; vi el avión y pensé . . . Me dije: tuvieron un accidente. Voy a ver si puedo ayudarles. Busqué entonces el avión, lo encontré. Pero no los vi a Uds. Los llamé; los busqué y luego . . .
María Josefa:	Y luego . . .
Alonso:	Me fui.

María Josefa:	Con las cajas.
Alonso:	¡No!
María Josefa:	Eduardo: registra la habitación. Mira en el armario, en la cómoda, debajo de la cama.
Alonso:	No hay nada. Les repito que no tengo nada.
María Josefa:	Entonces, ¿por qué lo sigue la policía? Ud. se llevó las cajas.
Alonso:	No no me las llevé. Uds. lo saben bien. Esas cajas son muy pesadas, demasiado pesadas para un hombre viejo como yo.
Alvarez:	¿Cómo lo sabe? Yo fui el que puso las cajas en el avión.

Alonso guarda silencio. Alvarez y María Josefa registran la habitación.

Entretanto, en la ciudad, en el automóvil negro, el automóvil de la policía . . .

Policía:	¿Aló? Aquí el auto 212, el auto 212 llamando al inspector Ayala. Mensaje de radio urgente para Ud.
Ayala:	Aló 212. Aquí Ayala. Siga.
Policía:	Perdone, señor inspector, pero perdí al sospechoso.
Ayala:	¿Perdió a Alonso? ¡Caramba! ¿Dónde está Ud.?
Policía:	No lejos de la catedral.
Ayala:	¿Necesita a alguien para ayudarle?
Policía:	No gracias, señor inspector, puedo encontrarlo. Perdón . . .
Ayala:	¡Vamos! No importa. Si no lo encuentra ahora, podemos aún detenerlo mañana por la mañana en el aeropuerto. Tengo el número de su vuelo. Pero lo quiero esta misma tarde. ¿Entendido?

Para Alonso, en su habitación, las cosas van mal. Alvarez descubre unas figurillas y máscaras encima del armario.

Alvarez:	¡Ajá! ¿Qué es esto, profesor?
María Josefa:	Señor profesor: Ud. que es experto, puede seguramente explicarnos. Este es un objeto maya, ¿no cree Ud.? ¿Dónde lo encontró?
Alonso:	Es mío. Les digo que es mío.
Alvarez:	¡Miren! y hay aquí dos figurillas más . . . y un vaso.
Alonso:	Todo eso es mío. Yo lo encontré. Yo lo encontré. Es verdad. Lo juro. Yo lo puse en mi maletín. Yo lo encontré y lo cogí para mí

	porque Castelli me robó. Sí, me robó en Buenos Aires. Me robó mis figurillas. Por eso quise reemplazarlas. Encontré esas cosas y las puse en mi maletín.
María Josefa:	Ud. miente. Sí, miente. Eduardo: dame esa máscara . . . La reconozco. Es verdad que Ud. la encontró pero yo la reconozco. La reconozco porque fui yo, YO ¿me entiende? Fui YO quien la puso en una caja. Ud. es un mentiroso y un pobre imbécil. Dónde están las cajas? Eduardo: el revólver, por favor.
Alvarez:	Deja. Yo me ocupo de él. Es un placer . . .

Alvarez se acerca a Alonso y le pone el revólver en la sien.

Alonso:	Bueno . . . Yo tomé las cajas del avión. Las tomé porque Castelli me robó mi colección. Me robó como va a robarles a Uds. Por eso me las llevé. Para venderlas en Perú. Su Castelli es un ladrón.
María Josefa:	No hablemos de Francisco, hablemos de Ud. . . . y de sus cajas. ¿Dónde están?
Alonso:	En el aeropuerto.
María Josefa:	¿En el aeropuerto?
Alonso:	Sí.
María Josefa:	Ud. tiene que estar completamente loco. Es un buen regalo para la aduana. ¡Imbécil!
Alonso:	¡Basta! Luego guardé unas piezas aquí.
María Josefa:	¡Ud. es un idiota, Alonso, un idiota!
Alonso:	¿Qué cree? ¡No!; tengo licencia de exportación. Pagué a un oficial de la aduana y tengo una licencia oficial. ¿Ve Ud.? Llegan demasiado tarde.
Alvarez:	No, profesor. Creo que llegamos exactamente a tiempo. Ud. nos hizo un buen trabajo. Está muy bien.
María Josefa:	Exactamente. Porque como Ud. comprende, señor profesor, nosotros, nosotros vamos a volver a Buenos Aires con las cajas. Con NUESTRAS cajas. Y cuando digo NUESTRAS, quiero decir de Eduardo y mías. Porque Ud., Ud. se queda aquí.
Alvarez:	Es verdad. Ud. no puede viajar con nosotros. Ud. es un hombre peligroso. La policía lo conoce ya.
María Josefa:	¿Cuál es el número del vuelo?
Alvarez:	¿Y la licencia, la licencia oficial de la aduana?
Alonso:	No . . . nunca.

Alvarez: Vamos, profesor. Va a dárnosla. ¿Sabe por qué? Porque ahora la licencia no le sirve para nada a Ud. ¿No quiere? Pues YO tengo una idea. Vamos a hacer un cambio. Tres cajas por una. Ud. nos da la licencia y las tres cajas. Y nosotros, nosotros le damos una caja. Una caja grande . . .

Alvarez le acerca el revólver.

¡Una caja grande para Ud. solo!

PREGUNTAS

1. ¿Quiénes suben al taxi con Alonso?
2. ¿Sabe Alonso que la policía lo persigue?
3. ¿Qué razón da Alonso para negarse a ir al hotel?
4. ¿Cómo es el hotel Las Palmas?
5. ¿Confiesa Alonso que encontró el avión?
6. ¿Confiesa, al principio, que se llevó las cajas?
7. ¿Qué prueba tienen Alvarez y María Josefa contra Alonso?
8. ¿Por qué le va a ser fácil a la policía detener a Alonso?
9. ¿Por qué piensa Alonso que estuvo bien llevar las cajas al aeropuerto?
10. ¿Por qué no quieren Alvarez y María Josefa viajar con Alonso?
11. ¿Qué cambio le propone Alvarez a Alonso?

15 El abrazo inesperado

Habitación del profesor Alonso en el hotel Las Palmas.

Alvarez:	Es verdad. Ud. no puede viajar con nosotros. Ud. es un hombre peligroso. La policía lo conoce ya.
María Josefa:	¿Cuál es el número del vuelo?
Alvarez:	¿Y la licencia, la licencia oficial de la aduana?
Alonso:	No . . . nunca.
Alvarez:	Vamos, profesor. Va a dárnosla. ¿Sabe por qué? Porque ahora la licencia no le sirve para nada a Ud. ¿No quiere? Pues YO tengo una idea. Vamos a hacer un cambio. Tres cajas por una. Ud. nos da la licencia y las tres cajas. Y nosotros, nosotros le damos una caja. Una caja grande . . .

Alvarez le acerca el revólver.

	¡Una caja grande para Ud. solo!
Alonso:	¡No!
María Josefa:	Apresúrese, ¿sí? Oye, Eduardo: hay que hacer algo. Voy a llamar a Francisco y a decirle dónde están las cajas.
Alvarez:	El número del vuelo.
Alonso:	No.
Alvarez:	Bueno. Si no me da el número del vuelo, déme entonces la licencia.
Alonso:	No.
María Josefa:	Eduardo: haz lo que quieras; pero necesitamos esa licencia. Tengo que avisar a Francisco inmediatamente. Si no, Suárez va probablemente a recibir las cajas en Buenos Aires.
Alvarez:	Suárez . . . ¿lo conoce?
Alonso:	No.
Alvarez:	¡Sí! Ud. lo llamó por teléfono.
Alonso:	¿Yo? ¡No!
Alvarez:	¡Basta ya! ¿Dónde está la licencia? La quiero, ¿me oye?, y ahora mismo.
Alonso:	No.
Alvarez:	Ud. me enfurece. Habló de una licencia. ¿Dónde está?

Alonso no responde.

María Josefa:	Bueno: vamos a buscarla, y a encontrarla. Eduardo . . .
Alvarez:	¿Qué?
María Josefa:	Regístrale los bolsillos, el pantalón, el chaleco.
Alonso:	No. Déjenme.

Alonso se levanta. Alvarez se lanza sobre él. Pelean. Alvarez tiene el revólver en la mano derecha; se bate con Alonso con la izquierda. Alonso, por su parte, usa las dos manos, pero no es joven. Pelea bien, no obstante. Alvarez mete la mano en el bolsillo del chaleco de Alonso. Alonso pierde el equilibrio. Cae. Alvarez, que tiene la mano en el bolsillo de Alonso, cae sobre él. En ese momento, el revólver se dispara accidentalmente. Alonso lanza un grito.

María Josefa:	¡Qué desgracia!
Alvarez:	Pero no lo hice a propósito. El revólver se disparó. Es el hombro. El hombro solamente.
María Josefa:	Busca la licencia. No hay duda de que la tiene.

Alvarez le registra todos los bolsillos. Al fin, encuentra dos hojas de papel.

Alvarez:	Toma: ahí tienes. Creo que esa es. Mira.
María Josefa:	Sí, esa es. Declaración oficial de aduana. Cuatro cajas. Y aquí está la autorización de la aduana.
Alvarez:	¡Formidable! ¿Una autorización oficial?
María Josefa:	Nada menos. Y lee aquí: "Contenido": artesanía.
Alvarez:	Con eso, no hay ningún problema. Nada tonto el profesor . . .
María Josefa:	Sí, pero está hecha a nombre de Alonso. Hay que cambiar el nombre para poder retirar las cajas en Buenos Aires, ¿comprendes?
Alvarez:	No. No debemos cambiar el nombre. Si lo haces, se ve falsificado. Necesitamos una declaración, un permiso de Alonso. ¿Cómo se llama? Una . . .
María Josefa:	¿Una autorización?
Alvarez:	Sí. Una autorización de Alonso que diga que podemos retirar las cajas en Buenos Aires en su nombre. Profesor . . .
Alonso:	Les ruego, déjenme, déjenme ya.
Alvarez:	Levántese. Voy a ayudarle. Levántese y siéntese a la mesa.

Alonso:	*(con voz dolorida)* ¡Ay, cuidado! Me duele. ¡Ay!
María Josefa:	Sangra, sangra mucho.
Alvarez:	No es el momento de ocuparnos de él. Primero tenemos que ocuparnos de esta licencia. Alonso: tome la pluma. Escriba.
Alonso:	No puedo. No puedo.
Alvarez:	Sí puede. Escriba.
Alonso:	¿Dónde?
Alvarez:	En la licencia, al final de esta hoja. Escriba: "Yo, el susodicho, Juan Alonso, autorizo . . . Continúe: . . . autorizo a María Josefa Parodi y a Eduardo Alvarez . . .
María Josefa:	Un momento, Eduardo. "Autorizo a Francisco Castelli". Prefiero así. Después de todo, las cajas son de Francisco, y además, si nos pasa algo . . .
Alvarez:	Bueno. Yo también prefiero así. ". . . autorizo a Francisco Castelli . . ."
Alonso:	¡Oh, no! No a él; no puedo.
Alvarez:	¡Sí! Escriba: . . . "Francisco Castelli a reclamar en mi nombre . . . las tres cajas que envié . . . a Buenos Aires . . . con la presente declaración . . . Firmado: Juan Alonso".

Alonso firma y cae pesadamente sobre la mesa. María Josefa se acerca a él y le examina el hombro.

Alvarez:	Ven, María Josefa; tenemos que irnos ya.
María Josefa:	¡Cómo! Alonso está medio muerto.
Alvarez:	¡Pero no! Es sólamente el hombro. No es grave.
María Josefa:	Sangra. Sangra aún muy fuertemente. No podemos dejarlo así.
Alvarez:	Y nosotros no podemos quedarnos aquí. . . ¿Qué quieres hacer? ¿Llamar a la policía?; ¿a una ambulancia?
María Josefa:	No digo eso. Sólo digo que . . .
Alvarez:	Y yo te digo que tenemos que irnos inmediatamente. La policía lo sigue. Y si la policía llega y nos encuentra aquí, estamos perdidos.
María Josefa:	Sí, sí. Lo sé . . .
Alvarez:	Vamos, ven ahora mismo. No podemos quedarnos aquí. Es demasiado peligroso. ¡Ven! No. No por la puerta. La dueña del hotel puede vernos. Salgamos por aquí; por esta ventana.

Alvarez sale primero. Salta y llama a María Josefa.

(alejado) Salta ya. Salta hacia mí. ¡Salta!

María Josefa salta. Alvarez la recibe en sus brazos. Solo en su habitación, con la cabeza sobre la mesa, Alonso pide débilmente auxilio.

Alvarez y María Josefa huyen. Corren.

Caminan ahora por una calle en los suburbios de la ciudad. Buscan un teléfono, una oficina de correo.

En casa, en Belgrano, Francisco Castelli espera noticias de sus amigos. No puede prometer siempre, prometer más y mentir a Suárez. Además, tiene que saber qué pasa en México. Tiene que saber si María Josefa va a llamarlo o no.

María Josefa:	¡Al fin! Ahí está. Ya timbra.
Francisco:	Aló. Habla Castelli.
María Josefa:	Soy yo, Francisco. Tengo noticias.
Francisco:	¡Por fin! ¿Qué pasa?
María Josefa:	Encontramos las cajas. Bueno . . . no todavía, pero . . .
Francisco:	¿Cómo? ¿Las tienes, o no?
María Josefa:	No. Pero salen mañana en el vuelo 852 de Aerolíneas de México.
Francisco:	¿Qué vuelo dices?
María Josefa:	Espera un segundo. Voy a asegurarme . . . Eduardo: mira el número del vuelo en la licencia.
Alvarez:	Aerolíneas de México 852. Sale mañana a las 10 y 30 de la mañana.
María Josefa:	Sí. Está bien así. Es el 852. Escucha ahora: las cajas llegan en ese vuelo con una licencia oficial.
Francisco:	¡Formidable! ¿Cómo pudieron hacer eso?
María Josefa:	No puedo explicarte ahora. No por teléfono. Tuvimos un problemita con Alonso. ¿Estás seguro que me comprendiste bien? Las cajas llegan en el vuelo 852 y nosotros también. No tenemos aún reservaciones pero. . . .
Francisco:	Perfecto. Los espero en el aeropuerto. Y dime: ¿por lo demás, todo va bien?
María Josefa:	Sí. Bueno; mm . . . no sé. Tenemos problemas. No puedo explicarte por teléfono. Espero que . . . si podemos escondernos durante la noche, no hay problema.

Francisco:	Bueno. Te deseo buena suerte. Gracias. Y hasta mañana en el aeropuerto.
María Josefa:	Sí, Francisco. Sí. Hasta mañana.

María Josefa explica a Alvarez lo que le dijo Francisco y continúan andando por la calle.

María Josefa:	Estoy cansada. ¿Qué vamos a hacer?
Alvarez:	No sé.
María Josefa:	¿Dónde podemos ir?
Alvarez:	No al hotel, en todo caso.
María Josefa:	Me pregunto cómo está Alonso.
Alvarez:	No es grave. Es el hombro sólamente. Además, debemos preocuparnos de nosotros mismos. Tenemos que pasar la noche en alguna parte, tranquilamente. Y mañana por la mañana tenemos que hacer reservaciones en el vuelo 852. Hay que esperar hasta mañana. Hasta un momento antes de la salida del avión.
María Josefa:	Como quieras. Estoy extenuada. ¿No ves un taxi por ninguna parte?
Alvarez:	¿Un taxi? ¡Estás loca! Los choferes de taxi son habladores como las viejas, sobre todo con la policía. No; ni pensar en tomar taxi. Nosotros, dos extranjeros, por la noche, en un suburbio de Mérida es ya de por sí sospechoso.
María Josefa:	Sí, tienes razón. Taxi no. Pero, ¿dónde vamos? ¿Has visto un hotel por aquí?
Alvarez:	Ni pensar en un hotel. Ni taxi ni hotel. Si la policía nos busca . . .
María Josefa:	Sí, . . . la policía . . . Me pregunto si la policía . . .
Alvarez:	La policía ¿qué?
María Josefa:	Yo no sé, Eduardo. Yo no sé.
Alvarez:	Yo sí sé lo que piensas. Crees que Alonso pidió auxilio, llamó a la dueña del hotel y que ella llamó a la policía. Sí, tal vez tienes razón. Es posible. Por eso te digo que no podemos ir a un hotel. Vamos, ven, caminemos y pasemos la noche en la playa. La noche está tibia. ¡Ven!

Caminan en silencio, María Josefa se vuelve hacia Alvarez.

María Josefa:	¿Por qué le disparaste?

Alvarez:	No lo hice a propósito. Fue un accidente.
María Josefa:	Disparaste y . . .
Alvarez:	. . . . y. . . .
María Josefa:	Y ahora él va a hablar.
Alvarez:	¡Ah! Ya veo. Me acusas porque no lo maté.
María Josefa:	No, Eduardo. De ninguna manera.
Alvarez:	Tienes miedo. Eso es todo. Te revientas de miedo. Y yo estoy harto, me entiendes? Tengo ya bastantes problemas sin ti. No necesito tus acusaciones y tus tonterías. ¡Miren esto! El jefe de la expedición . . . muriéndose de miedo.
María Josefa:	Sí. Tengo miedo. Lo confieso. Me siento sola. Sí, me siento sola después de haber herido a un hombre. Tú no comprendes, evidentemente. No comprendes porque eres UN HOMBRE, un duro, un valiente, un hombre ¡sí! Pero cero de tristeza, de piedad . . .

Guardan silencio.

Un automóvil sube por la calle y viene hacia ellos.

Abrázame. Tómame en tus brazos.

El duda. Ella se echa en sus brazos.

Estréchame con fuerza. Abrázame, ¡idiota! ¡Fuerte, te dije! Como un enamorado. ¡Como un hombre! Es la policía . . .

Alvarez estrecha a María Josefa en sus brazos. La abraza. El auto de la policía disminuye la velocidad. Alvarez le pone a María Josefa una mano sobre el hombro y la otra en la nuca, y la abraza de nuevo. El automóvil se detiene un momento. Los policías ríen y se van.

María Josefa:	¿Ves?
Alvarez:	Veo ¿qué?
María Josefa:	Que eso sirve.
Alvarez:	Sí, que sirve bastante bien.
María Josefa:	¡Los enamorados son siempre inocentes!
Alvarez:	¿Aún cuando se matan?
María Josefa:	*(con una sonrisa)* Sin embargo, nosotros no vamos a hacer eso.
Alvarez:	No. Tienes razón. No ahora. Ven, vamos a la playa y pasamos la noche allá, sobre la arena. Tú y yo. ¿Quieres?

Ella hace una señal afirmativa.

Espera . . . Abrázame. No hay ningún automóvil de la policía, pero abrázame. ¿Quieres?

María Josefa: Sí, Eduardo. Sí quiero. Es quizás la última cosa buena que aún podemos hacer.

Se abrazan. Esta vez, María Josefa no tiene que decirle que la estreche fuertemente en sus brazos.

PREGUNTAS

1. ¿Qué se niega a dar Alonso a Alvarez?
2. ¿Qué le pasa a Alonso en el hombro?
3. ¿Quería Alvarez herir a Alonso?
4. ¿Dónde encuentra Alvarez la licencia de la aduana?
5. ¿Qué le obligan a escribir a Alonso en la licencia?
6. ¿Cómo huyen Alvarez y María Josefa del hotel?
7. ¿Por qué no pueden ir a un hotel?
8. ¿Por qué no pueden tomar un taxi?
9. ¿Qué le dice María Josefa a Francisco en el teléfono?
10. ¿Por qué se llama este episodio: "El abrazo inesperado"?

16 Tarjeta postal

La noche ha caído; la noche tropical. Una noche dulce y cálida.
El mar está en calma, la arena, suave. La luna, llena y redonda,
se ha colocado sobre las palmeras. Alvarez y María Josefa se
pasean sobre esta "tarjeta postal".

María Josefa: ¡Cuán bello es todo esto!
Alvarez: Y yo, yo te encuentro más linda aún.

María Josefa ríe.

María Josefa: ¿Más bella que la luna?
Alvarez: Más bella.
María Josefa: ¿Porque estoy más cerca de ti?
Alvarez: No. Imagina . . . Imagina que tú estás allá arriba, en lugar de la luna; y que la luna está aquí en la playa. Yo voy entonces allá para buscarte.
María Josefa: Eres adorable.

Caminan por la playa, a lo largo del mar, van luego hacia las palmeras.

María Josefa: Mira, mira la luz de la luna a través de las hojas de las palmeras. ¿Ves? Forma líneas blancas y negras sobre la arena.
Alvarez: Líneas . . . como de cebra. *(ríe)* ¿Recuerdas? ¿Recuerdas la historia del sargento? ¿La de la cebra que se encontró con el toro?
María Josefa: Estás menos romántico que hace un momento. *(ríe y lo abraza)*
Alvarez: Vamos a pasar la noche aquí, bajo las palmeras. ¿Quieres?
María Josefa: Sí.
Alvarez: Vamos a acostarnos . . . aquí, mira. Voy a hacer un lecho en la arena con dos almohadas. Vas a ver. Va a ser maravilloso y muy cómodo. ¿No te parece que es más agradable aquí que en el hotel?
María Josefa: Sí.
Alvarez: En todo caso, es más seguro.
María Josefa: Sí . . .
Alvarez: Pero, ¿qué te pasa?

María Josefa:	¿A mí? Nada.
Alvarez:	Sí. Lo sé. Te pasa algo.
María Josefa:	No . . .
Alvarez:	Te conozco ya muy bien, y sé que te pasa algo. Me respondes sólo: "sí, no". ¿Qué te pasa?
María Josefa:	Yo no sé.
Alvarez:	Lo sabes. Pero no quieres decirlo. Oye, María Josefa: los dos nos entendemos, ¿no? Puedes hablar. ¿Qué te pasa? Piensas en algo. Dime. ¿Qué es?
María Josefa:	Estoy un poco triste. Eso es todo.
Alvarez:	¿Triste?
María Josefa:	Bueno . . . sufro, si prefieres así.
Alvarez:	¿Sufres? ¿Soy yo? ¿Hice algo mal?
María Josefa:	No. No es por ti. Por el contrario. Tú . . .
Alvarez:	¿Yo?
María Josefa:	Oye; Eduardo. Pienso en Alonso.
Alvarez:	¡Ah! . . . ¡Es eso!
María Josefa:	Sí. No me gusta ese tipo. Lo sabes muy bien. Pero después de todo, está herido y . . .
Alvarez:	No hay que pensar en él. Debemos pensar sólo en nosotros.
María Josefa:	Claro que pienso en nosotros. Porque fuimos nosotros, NOSOTROS fuimos los que lo herimos.
Alvarez:	Fue un accidente. No lo hice a propósito. El revólver se disparó. Te lo juro.
María Josefa:	Sí. ¿Y si está muerto?
Alvarez:	¡No!
María Josefa:	¿O si va a morir?
Alvarez:	Te repito que no es nada grave. No es nada. Es sólo el hombro. María Josefa, te suplico . . .
María Josefa:	Puedes tener razón. Pero no sabemos . . .
Alvarez:	Así es. No sabemos. ¿Y, qué? ¿Qué podemos hacer?
María Josefa:	No sé.
Alvarez:	Sí, sabes. Tienes una idea. ¿Cuál es? Volver al hotel y verlo.
María Josefa:	Sí.
Alvarez:	¡Estás loca!
María Josefa:	Volver al hotel y ocuparnos de él.
Alvarez:	No, María Josefa, no. Me niego. Me niego rotundamente. Eres buena, eres generosa. Pero eso es ya locura. No podemos hacer

	nada por Alonso sea que esté muerto o no. ¿No quieres creerme?
María Josefa:	Sí, Eduardo.
Alvarez:	Oye: volver al hotel es una locura. No hay duda de que él pidió ayuda. La dueña del hotel lo cuida, seguramente. Y ella pudo haber llamado a la policía. ¿Ves entonces? Si regresamos al hotel estamos ahí mismo en manos de la policía.
María Josefa:	Sí, lo sé . . . lo sé . . .
Alvarez:	Te aseguro además que no está herido; gravemente, quiero decir. Es el hombro sólamente. Hay que olvidar a Alonso. Es un canalla que nos ha engañado ¿Sí o no?
María Josefa:	Sí . . .
Alvarez:	¿Ves? Nosotros estamos primero. Nosotros.
María Josefa:	Lo sé. Pero sufro.
Alvarez:	Olvida tu pena. Olvida todo eso. Piensa en una cosa: pasamos la noche aquí, tranquilamente. Mañana; mañana por la mañana tomamos el avión para Buenos Aires. Para Buenos Aires, ¿te das cuenta? Y doce horas después estamos allá, tú y yo, con objetos que valen una fortuna, millones.
María Josefa:	Millones. Sí, lo sé. Dame solamente un besito, uno solo . . .
Alvarez:	No "uno solo". Para ti, millones. Y aquí está el primero . . .

En el hotel Las Palmas, en su habitación, Alonso recobra el conocimiento. Examina su hombro. Sangra mucho. Se levanta. Se cae contra la puerta.

Alonso:	*(llama)* ¡Señora . . . Señora!
Ama:	*(lejos)* ¿Sí? ¿Qué pasa?
Alonso:	Suba! suba pronto, por favor . . .
Ama:	*(lejos)* Estoy ocupada. ¿No puede esperar dos minutitos?
Alonso:	No. Venga ya. Le ruego.
Ama:	Voy . . . Pero . . . ¿Qué tiene? ¡Sangre! ¡Dios mío! Hay sangre por todas partes.
Alonso:	Estoy herido. En el hombro.
Ama:	¡Pronto! Hay que volver a su habitación, por favor.
Alonso:	No puedo. Tiene que ayudarme.
Ama:	Yo no puedo. Ud. es demasiado pesado.
Alonso:	Ayúdeme. Tiene que ayudarme.
Ama:	Bueno. Vamos . . .

Le ayuda a entrar en su habitación. Cierra la puerta. Alonso se tira sobre la cama.

Ama:	Pero, ¿qué le pasó?
Alonso:	Una bala.
Ama:	¿Fueron sus amigos?
Alonso:	Sí. Mis amigos . . .
Ama:	Voy a llamar a la policía.
Alonso:	No, por favor. No llame a la policía. No quiero la policía aquí.
Ama:	Yo tampoco quiero la policía en mi hotel, pero . . .
Alonso:	No, le repito que no. Ud. me cura y yo me voy mañana. Se lo prometo. Me voy mañana. Pero nada de llamar a la policía.
Ama:	Bueno. Está bien . . . ¡Pero qué cosa! En fin . . . Vamos. Estoy de acuerdo. Voy a ocuparme de Ud. . . . No puedo dejarlo así. Espere un momento ahí en al cama y ya vuelvo.
Alonso:	¿A dónde va? ¿No va a llamar a la policía, cierto?
Ama:	Claro que no. Se lo prometo. Voy a buscar lo necesario para curarlo. Hay que tener algo para curarlo, ¿no?
Alonso:	Bueno. Vaya pronto.
Ama:	Ya vuelvo.

Sale de la habitación y regresa después de algunos minutos.

Aquí está todo lo que necesito. Quédese acostado. Voy a mirar la herida.. La bala está todavía en el hombro. Yo no soy médica. No puedo sacarla. Voy a limpiar todo eso. Bueno . . . voy a tratar . . . ¡Ajá! Ya está un poco más limpio y sangra menos. ¿Le duele?

Alonso:	Me duele menos ahora. Le agradezco. Le agradezco mucho. Ud. es muy amable.
Ama:	Un momento. Todavía no he terminado.
Policía:	*(lejos)* ¿Hay alguien aquí? ¿Hay alguien aquí?
Ama:	¿Qué pasa ahora? ¡Ah! Los clientes. Ud. sabe. A veces . . .
Policía:	*(lejos pero gritando)* ¿Hay alguien aquí? ¿Hay alguien aquí?
Ama:	Me enfurece todo esto. Espere un segundo. Voy a ver qué pasa. Vuelvo en seguida.

Deja a Alonso en su habitación. Cierra la puerta y baja. Un hombre la espera en la recepción.

	¿Bueno, qué pasa? ¿Qué desea? ¿Policía? Pero . . . ¿Qué sucede?
Policía:	Nada tal vez. No sé todavía. Pero Ud. puede ayudarme.
Ama:	¿Ayudarle? ¿Cómo?
Policía:	Seguía a un hombre esta tarde y lo perdí. Huyó.
Ama:	Bueno . . . ¡No es culpa mía! . . .
Policía:	No está él aquí por casualidad? Ya he buscado en varios hoteles.
Ama:	Pues tengo varios clientes, pero . . .
Policía:	Se llama Alonso. Juan Alonso. ¿Está aquí?
Ama:	¿Alonso? No . . . No hay nadie que se llame así.
Policía:	¿Está segura?
Ama:	Absolutamente segura. Si no me cree, puede mirar en mi libro. Tenga. Ahí está. Puede asegurarse.
Policía:	Puede haberle dado un nombre falso. Es un hombre de sesenta a sesenta y cinco años. Pelo canoso. No muy alto. Peruano. ¿Recuerda a alguien?
Ama:	No. Además, no tengo peruanos aquí. Hay un español; pero no hay peruanos.
Policía:	Muchas gracias, entonces. Voy a ver en otro hotel.
Ama:	Siento mucho no poder ayudarle. Adiós. Buenas noches.
Policía:	¿Qué tiene Ud. en la manga? ¿Sangre?
Ama:	¿Sí? No la había visto.
Policía:	¿Por qué?
Ama:	¡Ah! No es nada. No es nada. Fue mi esposo. Se cortó. Se cortó con la navaja de afeitar.
Policía:	¿El se afeita a media noche?
Ama:	Claro que no. Hace dos horas, o tres. ¡Yo no sé! Ni me explico cómo. Me dijo sólamente: "me corté, ayúdame." Eso es todo.
Policía:	¡Ajá! Entonces Ud. lo curó y se manchó la manga de sangre. ¿Hace dos o tres horas, dice?
Ama:	Sí . . . creo.
Policía:	Pero esa sangre es fresca. Eso acaba de pasar. Vamos, señora. Dígame la verdad.
Ama:	Ya se la dije.
Policía:	No. La prueba: esa mancha de sangre en la manga es fresca. Llegué a su hotel. Llamé varias veces. Esperé dos o tres minutos y luego, salió Ud. de una habitación. ¿Verdad, o no?
Ama:	Verdad. ¿Y qué?

Policía:	¿Y Ud. vive ahí en esas habitaciones? Claro que no, señora. Su apartamento, su habitación, su cocina, las veo de aquí. Están detrás de la recepción, no en el segundo piso.
Ama:	Bueno. ¿Qué es lo que quiere? Tengo un poco de sangre en la manga. Y, ¿qué? No es un crimen.
Policía:	No. Pero Ud. mintió.
Ama:	¿Yo?
Policía:	Vamos a ver. Lléveme a esa habitación de arriba. Quiero saludar a su esposo y ver si ese pobre hombre está bien. Venga, señora. Vamos a saludarlo. La sigo, por favor.

PREGUNTAS

1. ¿Cómo es el paisaje en la playa?
2. ¿Dónde van a pasar la noche Alvarez y María Josefa?
3. ¿Por qué sufre María Josefa?
4. ¿Qué quiere hacer María Josefa?
5. ¿Qué hace Alonso cuando recobra el conocimiento?
6. ¿Por qué no llama la señora a la policía?
7. ¿Cuándo se siente Alonso un poco mejor?
8. ¿A quién encuentra la señora cuando baja la escalera?
9. ¿Por qué no se va el policía después de despedirse?
10. ¿A dónde quiere ir el policía?

17 El perro amarillo

En su habitación, Alonso espera la vuelta de la dueña del hotel. Oye voces y oye ahora pasos en la escalera. La señora no está sola. ¿Quién sube con ella? Tiene miedo. Hace un esfuerzo. Se levanta y va hacia la puerta. Los pasos se acercan ya. Cierra la puerta con llave. Los pasos se detienen. Silencio . . . Luego oye golpear a la puerta.

Policía: Señora: ¿y su marido se encerró con llave ahora, no?
Ama: Yo no sé . . . yo no sé.
Policía: ¡Vamos! ¡Basta ya! Abra la puerta.
Ama: Yo no tengo llave.
Policía: Abra.
Ama: Ud. va a romperlo todo.
Policía: Abra entonces. Es más sencillo.
Ama: ¡Abra! Soy yo.

Alonso mira la ventana abierta. Los otros salieron por ahí. Pero ellos son jóvenes. Además, él está herido. Alonso se acuesta en la cama y espera. El ama llama. El policía da terribles golpes a la puerta. Siempre más y más fuertes. La puerta se abre bajo los golpes del policía, quien ve a Alonso en cama, lo reconoce y se lanza sobre él.

Ama: ¿No podría tener cuidado? Está herido.
Alonso: ¡Ah Ud.! ¡Infeliz . . .!
Policía: Ahora no se escapa, señor Alonso.
Alonso: Una infeliz, sí: Ud. es una infeliz.
Policía: Vamos, vamos.
Alonso: ¿Está contenta ahora? Ud. me entregó. O, más bien, me vendió. ¿Cuánto le pagó él por eso?
Ama: No. No es verdad. Fue él. El vino al hotel. El me obligó. Yo no le dije nada.
Alonso: ¿Cuánto ah? ¿Cuánto?
Ama: Por qué dice Ud. eso? El no me pagó. Yo no le dije nada. Aún traté de . . .

Alonso:	¡Ah sí . . .!
Policía:	¡Basta ya! Además Ud. se equivoca. Ella dice la verdad. Sí. A Ud. le dice la verdad. A mí, me mintió. Me dijo: mi esposo es el que está arriba en esa habitación.
Ama:	Es verdad, señor, es verdad. Hice todo lo posible . . .
Policía:	¡Vamos! No más sentimentalismos. Queda Ud. detenido, Alonso. Sígame.
Ama:	Pero está herido. Hay que hacer algo.
Policía:	Sí. Voy a llevarlo al hospital. ¿Puede Ud. caminar?
Alonso:	Sí, creo. No estoy seguro.
Policía:	Haga lo posible. Yo le ayudo. Vamos, de pie, por favor.
Ama:	Tenga valor, señor; tenga valor. ¿Me cree ahora? Por favor, dígame que me cree.
Alonso:	Ahí sobre la cómoda hay dinero.
Ama:	¡No! Yo no quiero dinero.
Alonso:	Cójalo. Por la habitación. También por la puerta dañada. Fue culpa mía.
Ama:	No, gracias. Yo no quiero nada.
Policía:	Venga, vamos a bajar.
Ama:	Cuidado con el hombro, por favor.

Bajan lentamente la escalera. El policía conduce a Alonso al automóvil. El automóvil parte y deja atrás el pequeño hotel Las Palmas. El policía toma su radio-teléfono:

Policía:	¿Aló? Aquí el automóvil 212 llamando al inspector Ayala . . . Aquí el auto 212 . . . A Ud. . . . . Sí, señor inspector. Lo tengo. Lo detuve. Estaba en un hotelito. Allá lo encontré. Pero está herido . . . No, no; ya estaba herido cuando yo llegué. Una bala en el hombro. Entonces lo llevo al hospital, ¿no? . . . Sí. Estaba solo. Para el hospital, ¿no? . . . Lo llevo en seguida y allá lo interrogo. Muy bien.
Alonso:	Ud. dijo que yo estaba solo. ¿Por qué?
Policía:	Porque Ud. estaba solo ¿no es cierto?
Alonso:	Sí. ¿Pero por qué dijo Ud. que . . . ?
Policía:	Vamos a interrogarlo más tarde.
Alonso:	¿Es verdad que la señora . . .?
Policía:	Sí. Es verdad. Yo estaba abajo. Ella bajaba. ¡Me echó unos cuentos . . Le vi sangre en la manga. Me dijo que su esposo estaba herido. Me dijo que Ud. era su esposo.

Alonso:	¿Va Ud. a encarcelarme?
Policía:	Eso lo veremos después. Ahora vamos al hospital. Es más urgente.

El policía acelera y el auto marcha a toda velocidad por las calles de la ciudad.

Alvarez y María Josefa están todavía en la playa. Hay que esperar el día. La luna, que estaba sobre las palmeras, ha descendido ahora detrás de los árboles. Pero todavía es de noche. Están tirados sobre la arena. De repente, María Josefa se sienta.

María Josefa:	¿Y el revólver?
Alvarez:	¿Por qué?
María Josefa:	No lo dejaste en la habitación de Alonso ¿no?
Alvarez:	No. Lo tengo aquí.
María Josefa:	No debemos quedarnos con él. Hay que botarlo.
Alvarez:	Sí. Tienes razón. Voy a hacerlo en seguida.
María Josefa:	¿Dónde?
Alvarez:	Voy a esconderlo en la arena, ¿no crees? Voy a hacer un hoyo en la arena. Un hoyo grande.
María Josefa:	Yo te ayudo. ¿Así está bien?
Alvarez:	No. Más profundo. Así. Está bien así.

Echa el revólver en el hoyo. Luego, con las manos, vuelven a echar la arena para llenar el hoyo.

Alvarez:	Ya está listo. Fue una buena idea. Ahora, al menos, podemos estar tranquilos, sin revólver, sin cajas a nombre nuestro. Pues . . . están a nombre de Alonso.
María Josefa:	Espero que no haya hablado. Pero si yo estuviera en su lugar, me pregunto si . . .
Alvarez:	¡Mira! ¿Qué es eso?
María Josefa:	¿Qué?
Alvarez:	En mi pantalón.
María Josefa:	Es sangre. ¿Estás herido?
Alvarez:	No. Yo no.
María Josefa:	Entonces, ¿qué es?
Alvarez:	Es de Alonso, seguramente.
María Josefa:	¿Cómo?

Alvarez:	No recuerdo bien. Lo tenía agarrado, cayó, caí sobre él. Estaba ya herido . . . Estábamos en el suelo. Yo estaba sobre él. Con la rodilla sobre su hombro. Así tuvo que ser.
María Josefa:	Hay que limpiar eso. Hay que quitar esa sangre.
Alvarez:	Sangre . . . No creo que sea fácil.
María Josefa:	Hay que quitarla. Tratemos con agua del mar.

Se paran y atraviesan la playa. Tratan de lavar la sangre con agua del mar.

María Josefa:	Parece que se quitó.
Alvarez:	No.
María Josefa:	Sí. Mira . . .
Alvarez:	No. La ves menos porque tiene agua. Parece borrada, pero está ahí.
María Josefa:	Sí. Es verdad. Ah . . . ¡todo era tan fácil, tan bello! Era casi . . . era casi como si estuviéramos ya en Buenos Aires. Y ahora, con esta sangre, si la policía nos busca . . . si la policía ve esa sangre en tu pantalón . . .
Alvarez:	Vamos, querida. No es grave. Unas horas más y estamos en el avión.

La abraza.

María Josefa:	¡Dios Mío! ¡Qué miedo!
Alvarez:	¿De dónde salió este perro? ¡Lárgate, sucio animal! Vas a irte ¿no? ¡Miserable!

Alvarez levanta la mano. Le tira arena al perro y éste huye.

María Josefa:	¡Por Dios! ¿De dónde salió ese animal?
Alvarez:	No estaba por aquí hace un minuto. De repente, apareció ladrando como loco. Pero parece que ya se fue.

El perro corre por la playa hacia las palmeras. De repente, se detiene.

María Josefa:	No, mira: allá está.
Alvarez:	¿Qué hace?

El perro escarba la arena. Hace un hoyo.

¡El revólver! Encontró el revólver. ¡Oh, asqueroso!

El perro escarba.

Alvarez toma a María Josefa de la mano y corren a donde está el perro.

¡Lárgate inmundo!

El perro escarba. El revólver que antes estaba bajo la arena está ahora ante ellos al fondo del hoyo.

María Josefa: Es un perro de la policía.

Alvarez: No. No. ¡Lárgate!

Alvarez trata de coger el revólver, pero el perro defiende el hoyo. Alvarez toma arena en la mano y la tira al perro el cual rodea ahora a Alvarez y a María Josefa.

Alvarez: ¿Qué le pasa a ese animal?

María Josefa: Tenemos que irnos de aquí. Ese puede ser un perro de la policía.

Alvarez: No. Si la policía estuviera aquí . . . Pero no. Es un perro que anda por ahí, ni más ni menos.

María Josefa: Y que nos detesta. Tenemos que irnos.

Alvarez: Si quieres. Va a amanecer pronto.

Alvarez le tira piedras al perro. El perro es amarillo con una mancha oscura en el dorso. Huye; pero pronto se detiene y vuelve. Vuelve hacia ellos.

Alvarez: ¡Ven!

María Josefa: No.

Alvarez: ¿No querías irte?

María Josefa: No, Eduardo. No puedo.

Alvarez: Ven, te lo digo.

María Josefa: ¡Oh! ¡ese perro! . . . ¡ese perro!

Alvarez: No vas a llorar, ¿no?

María Josefa: Estábamos tan bien, tú y yo . . . Pero . . . ¡ese perro! Y todo lo demás: Alonso herido. La policía. Y el perro que sigue ladrando. ¿Qué hacemos aquí?

Alvarez: Esperamos el avión para Buenos Aires.

María Josefa: ¡Qué optimista!

El perro se acerca.

¡Asqueroso!

María Josefa toma una piedra y se la tira. El perro huye pero vuelve y se acerca aún más.

	¡Por Dios! ¿no entiendes? Nos van a agarrar. La policía nos tiene ya.
Alvarez:	Ese no es un perro de la policía.
María Josefa:	¿Cuál es la diferencia? Está ahí. Va a despertar a todo el mundo. Alguien nos va a ver y va a avisar a la policía. ¡Mátalo!, ¡mátalo!
Alvarez:	¿Cómo? ¿Disparar? Eso sí va a hacer ruido y a despertar a todo el mundo.
María Josefa:	Vámonos de aquí ya. Tenemos que irnos de inmediato. Oye, Eduardo: hay que abandonar esto, salvarnos, dejar la ciudad. Sí. Eso es: dejar la ciudad ahora mismo.
Alvarez:	¿Y Francisco? ¿Y las cajas?
María Josefa:	De nada nos sirve Francisco. No está aquí. Aquí no están sino ese horrible perro amarillo y la policía. No. Hay que salir de la ciudad, y no por avión, en autobús. Podemos enviar la licencia de la aduana por correo.
Alvarez:	¿Por correo? Va a tomar una semana, ¿no? Imposible. María Josefa, oye . . . estás deprimida. Estás cansada, probablemente. Pero hay que volver a Buenos Aires con las cajas. Tú y yo. ¿Quieres?
María Josefa:	Sí. Tú y yo.
Alvarez:	Bueno. Vamos a volver a Buenos Aires. Vamos a tomar el avión pronto y dentro de doce horas a más tardar estamos en Buenos Aires. Llamaste a Francisco, ¿no?
María Josefa:	Sí. Claro está.
Alvarez:	Y le dijiste que ibamos en el vuelo 852. Con las cajas . . . ¿Bueno? Debemos volver a Buenos Aires con las cajas. Y después, podemos tocar nuestro dinero. Francisco nos lo debe, creo . . . con o sin perro.

En el hospital, un médico curó a Alonso. Está más calmado ahora. Está sentado en una silla en una oficina. El policía lo interroga.

Policía:	Bueno: ¿qué pasó?; ¿quién le disparó? ¿Quién lo hirió? ¿Quién estaba con Ud.?
Alonso:	Nadie.
Policía:	¿Eran peruanos? ¿Quiénes eran? ¿Quién le disparó? Ud. lo sabe. Responda. Es más fácil.
Alonso:	Yo no sé.

Policía: ¿No sabe? Pues nosotros, nosotros sabemos muchas cosas. Pero hay algo que no sabemos. ¿Quién le disparó? ¿Por qué? ¿Va a hablar al fin? ¿Quién estaba con Ud.? ¡Ah!, ¡si Ud. fuera menos obstinado!

PREGUNTAS

1. ¿Quién dijo a la dueña del hotel que era Alonso?
2. ¿Por qué no salta Alonso por la ventana?
3. ¿A quién le dijo la verdad la señora?
4. ¿Cómo le parece a Ud. el ama del hotel?
5. ¿Cómo le parece a Ud. el policía?
6. ¿Qué tiene Alvarez en el pantalón?
7. ¿Cómo piensan quitar la sangre?
8. ¿Por qué tiene miedo María Josefa?
9. ¿Qué hace el perro en la arena?
10. ¿Por qué no puede matar Alvarez al perro?
11. ¿Confiesa Alonso quiénes son sus cómplices?

18 Noche en vela

Sale el sol. Es de día. Alvarez y María Josefa pasaron la noche en la playa y ahora, vuelven a la ciudad.

Alvarez: Vas a ver . . . unas horas más y estamos en el avión. Vamos a hacer las reservaciones en la ciudad y . . .

María Josefa: ¿Dos?, ¿o tres?

Alvarez: ¿Tres?

María Josefa: Te olvidas de nuestro querido compañero el perrito.

Alvarez: ¿Cómo? ¿Está todavía ahí? No vas a irte, horrible animal? Pero, ¿qué le pasa a ese perro?

María Josefa: Si sigue así, voy a volverme loca.

Alvarez: Si tuviera mi revólver . . .

María Josefa: No me hables de ese revólver.

Alvarez: Tenemos que hacer de cuenta que el perro no está aquí.

María Josefa: ¡Cómo que no está aquí! Si no nos deja ni un sólo instante.

Alvarez: Entonces hay que hacer como si fuera nuestro. Sí. Como si tuviéramos un perro.

María Josefa: ¿Tener un perro que ladra sin cesar? ¿Que muestra los dientes y que nos detesta?

Alvarez: Bueno, ven ya. Hay que regresar a la ciudad y hacer las reservaciones. No nos queda mucho tiempo.

María Josefa: Bueno. Vámonos. ¿Vienes, perrito inmundo?

En el hospital, el policía interroga a Alonso. Al principio, había sólo un policía. Ahora, hay un oficial de la aduana. Habla el policía:

Policía: ¿Se niega Ud. a hablar?

Alonso: No tengo nada qué decir.

Policía: ¿Ud. estaba cerca de la frontera, no es verdad?

Alonso: ¿La frontera? No.

Policía: ¿Estaba Ud. solo?

Alonso: Sí.

Policía: Ud. miente. Es evidente que Ud. tiene cómplices. ¿Por qué los defiende?

Alonso:	¿Cómplices? ¿Yo? ¿Por qué? Yo no he hecho nada malo.
Oficial:	Bueno, señor Alonso. Hablemos de otra cosa. Hablemos de las cajas. Sí, las tres cajas que Ud. quiere enviar a Buenos Aires. ¿Qué tienen adentro?
Alonso:	Ya lo declaré. Está en mi declaración.
Oficial:	Sí, lo sé. Pero su declaración es falsa. Mire Ud., como teníamos dudas . . ., como no estábamos seguros . . ., abrimos las cajas.
Alonso:	¿Cuándo?
Oficial:	Después de que Ud. se fue, claro. Después de que Ud. salió del aeropuerto. Yo tenía mucho tiempo y lo descubrí todo. De modo que, no venga con historias, por favor. Quiero el nombre de sus cómplices. Es evidente que Ud. tiene cómplices. Y si Ud. me da los nombres, . . . bueno . . . Puedo pedirle a la policía que sea menos severa. ¿Me comprende?
Policía:	¿Quién estaba con Ud.? ¿Quién lo hirió? Hable, para que podamos entendernos.
Alonso:	¿Entendernos? ¿Cómo?
Policía:	Cerrar los ojos, bueno . . . más o menos.
Alonso:	¿Por qué?
Oficial:	Porque no es a Ud. al que buscamos. Buscamos a su jefe, a su banda, a sus cómplices.
Policía:	Vamos.
Alonso:	Bueno. Pues . . . si quieren su nombre, voy a dárselo. Es Castelli. Un tal Francisco Castelli. El es el que organizó todo.
Oficial:	¿Castelli?
Alonso:	Sí. Vive en Buenos Aires.
Policía:	No, no, no, no. Había alguien aquí con Ud. Ud. no estaba solo. Había una o dos personas aquí ayudándole a Ud. . . . De otro modo, no sería posible. ¿Quiénes eran esas personas?
Alonso:	Ya les dije que Castelli es el jefe.
Policía:	Y, ¿quién le disparó a Ud.? ¡No fue Castelli! El está en Buenos Aires. El no estaba aquí ayer por la tarde. Señor Alonso: le doy una oportunidad más. ¿Quién estaba con Ud. en su habitación ayer por la tarde? O me responde ya, o puede pensarlo en la cárcel. Creo que no puedo ser más claro. Le doy cinco segundos.
Alonso:	Estoy cansado.
Policía:	Tres segundos. . .

Alonso:	Sí, tengo cómplices.
Policía:	Sus nombres.
Alonso:	Eduardo Alvarez y María Josefa Parodi . . . Pero no son culpables. La culpa es toda de Francisco Castelli. Se lo digo y se lo repito.
Policía:	¿Por qué los defiende Ud.?
Alonso:	Porque no son culpables. Y yo tampoco.
Oficial:	No obstante han hecho contrabando.
Alonso:	Sí, pero para Castelli. No para nosotros.
Policía:	Bueno, y si ese hombre y esa mujer son amigos suyos, ¿por qué lo hirieron?
Alonso:	Fue un accidente. Estaban en mi habitación. Alvarez me pidió la licencia de exportación. Yo no quería dársela y . . . peleamos. El tenía un révolver, y se disparó.
Policía:	¿Se disparó?
Alonso:	Sí, accidentalmente. Ellos no son amigos. Pero le repito que fue un accidente.
Policía:	Está bien. Oiga . . . Ud. los defiende y yo lo admiro. Creo que Ud. es honesto y dice la verdad. Voy a ayudarle. Voy a tratar de arreglar las cosas.
Oficial:	Yo también voy a tratar. Pero tiene que cooperar con nosotros.
Alonso:	¿Cooperar? ¿Qué más quieren?
Oficial:	Más tarde, Señor Alonso, más tarde.
Policía:	Señorita, por favor. . . .
Enfermera:	¿Sí? A la orden.
Policía:	Dígame: ¿puede este señor salir ya del hospital?
Enfermera:	Sí. Creo que ya está mejor. Señor: ¿Cómo se siente?
Alonso:	Me duele menos. Estoy mejor.
Policía:	Perfectamente. Venga entonces con nosotros. Nos vamos.

Entre tanto, Alvarez y María Josefa llegan a la ciudad. No están lejos de la plaza principal. Es la zona de negocios, almacenes, hoteles y compañías aéreas.

Alvarez:	Son las ocho y veinticinco. Casi las ocho y media. Creo que las oficinas van a abrir pronto.
María Josefa:	Espero que todavía haya cupo en ese vuelo.
Alvarez:	No es época de turismo. Estoy seguro de que no está lleno.
María Josefa:	Me imagino que nos vemos raros, ¿no crees? Después de pasar la noche en la playa.

Alvarez:	Y algunos días en la cárcel.
María Josefa:	Si tuviéramos las maletas podríamos cambiarnos.
Alvarez:	Es verdad. ¡No estamos nada elegantes! Pero, ¿qué se puede hacer?
María Josefa:	¿Viste? El perro todavía nos sigue.
Alvarez:	Nunca he visto un animal así.
María Josefa:	Si continúa, me enloquezco. ¡Mira!, un policía.
Alvarez:	¿Y qué? Quédate tranquila.
María Josefa:	¡Nos mira!
Alvarez:	Por eso, quédate tranquila. Además al que está mirando es al perro, no a nosotros. Mira, una agencia de viajes. Entremos y cerremos la puerta rápidamente. Vamos, ¡entra! Adiós perrito. ¡Por fin estamos tranquilos!
María Josefa:	Adiós, amorcito . . .

Afuera, el perro ladra. Silencio. Alvarez y María Josefa van al mostrador y hablan a una empleada.

Alvarez:	Buenos días.
Empleada:	Buenos días. ¿En qué puedo servirles?
Alvarez:	Quisiéramos reservar dos cupos para hoy en el vuelo de Aerolíneas de México.
Empleada:	¿Para Buenos Aires?
Alvarez:	Sí.
Empleada:	Tal vez es un poco tarde para el vuelo 852 de Aerolíneas de México. ¿No desearían salir mañana?
María Josefa:	Por favor, necesitamos urgentemente dos cupos en el vuelo de la mañana.
Alvarez:	Sí. Tenemos que estar en Buenos Aires. Cuestiones de familia . . .
Empleada:	Voy a tratar . . . Mejor llamo al número del aeropuerto . . . ¿Aló? ¿Aerolíneas de México? Es de aquí de la agencia Quo Vadis . . . ¿Tienen dos cupos en el 852 de ahora por la mañana? . . . Sí, para Buenos Aires . . . ¿Cómo? . . . Un segundo, por favor. *(A Alvarez y María Josefa)* ¿Tienen los pasajes?
Alvarez:	Sí. Aquí están.
Empleada:	Gracias. *(al teléfono)* Un momento. Ya le digo . . . Sí, en turismo. Dos cupos para Buenos Aires . . . Sí, sí, espero.
María Josefa:	¿Hay cupo?

Empleada:	No sé todavía. Va a ver. Había lista de espera, pero dice que ahora hay más posibilidades.
Alvarez:	Vas a ver. Todo va a salir bien. La suerte nos acompaña . . . y el perrito se fue.

Pero hay otra puerta y . . . está abierta. El perro amarillo, entra, furioso, con la cola levantada. Se coloca detrás de Alvarez y María Josefa. Muestra los dientes. Ladra.

María Josefa:	*(desesperada)* ¡Ay no, no, no!
Alvarez:	¡Inmundo! ¡Vamos, sal de aquí!
Empleada:	¿Aló?, ¿Sí? . . . ¿Cómo? No oigo.
Alvarez:	¿Vas a callarte?
Empleada:	¿Aló? . . . ¡Oh, ese perro! ¿No podrían hacer algo, por favor?
Alvarez:	¡Cállate!, ¿sí?
Empleada:	*(al teléfono)* Vea, no oigo. Hay un perro ladrando. Vuélvame a llamar.
María Josefa:	¿Y . . . hay cupo?
Empleada:	No sé. ¿Cómo voy a hablar por teléfono con un animal ladrando así? Además: No se permite traer perros aquí.
María Josefa:	Ud. colgó. ¿Va a llamar de nuevo?
Empleada:	¿Llamar de nuevo? ¿Para qué? Lo único que oigo es su perro.
María Josefa:	Este perro no es nuestro.
Empleada:	En todo caso, si quieren viajar con él, necesitan papeles.
María Josefa:	¡Si no es nuestro!
Alvarez:	Oiga, señorita: perdóneme, por favor. Vuelva a llamar a Aerolíneas de México. ¿Dentro de cuánto sale el avión?
Empleada:	Deben estar en el aeropuerto dentro de cuarenta y cinco minutos y todavía falta llenar los pasajes.
Alvarez:	Entonces llame, por favor.
Empleada:	Bueno, con mucho gusto. Pero traten de distraer ese perro.

Alvarez y María Josefa tratan de ahuyentar el perro.

Un auto negro; el auto de la policía número 212, se dirige al aeropuerto. En el interior están un policía, el oficial de aduanas y Alonso.

Alonso:	¡Ah! ¡Vamos hacia el aeropuerto!
Policía:	Exactamente.

Alonso:	¿Me llevan Uds. al aeropuerto? ¿Puedo tomar mi avión para Buenos Aires?
Policía:	Sí. Lo llevamos al aeropuerto. Pero Ud. no va a tomar el avión para Buenos Aires. En todo caso, no hoy.

Mientras tanto, en la agencia de viajes . . .

Empleada:	Bueno. Eso es todo. Ya di sus nombres a Aerolíneas de México. Aquí están sus pasajes.
María Josefa:	¿Está todo listo? ¿Podemos irnos?
Empleada:	Sí, ya están confirmados los pasajes. Pero tienen que apurarse.
Alvarez:	Sí. Tomemos un taxi. Gracias, señorita. ¡Mira! . . . Ahí hay un taxi. ¡Taxiii! . . .
María Josefa:	¿Quieres pasar por el hotel primero para recoger las maletas?
Alvarez:	Es mejor no. La policía puede estar esperando en la recepción. Además, no tenemos tiempo. ¡Al aeropuerto, por favor, rápido!
María Josefa:	¡Hey! Perdimos el perro.
Chofer:	¡Ah! no, señora. Yo no llevo perros en mi taxi.
María Josefa:	¡Qué pesar! ¡Era un perrito tan lindo!

PREGUNTAS

1. ¿Por qué cree Ud. que sigue el perro a Alvarez y a María Josefa?

2. ¿Qué hizo el oficial de aduanas cuando Alonso se fue del aeropuerto?

3. ¿Cómo se siente Alonso ahora?

4. ¿Por qué confiesa fácilmente quién es el jefe?

5. ¿Por qué sabe la policía que hay cómplices?

6. ¿De qué acusan a Alonso y a sus cómplices?

7. ¿A dónde llevan a Alonso al salir del hospital?

8. ¿Consiguen Alvarez y María Josefa cupo en el vuelo?

9. ¿Cuánto tiempo tienen para ir al aeropuerto?

10. ¿Qué quisiera hacer María Josefa antes de ir al aeropuerto?

19 El vuelo 852

Aeropuerto de Mérida. En el hall de llegada, detrás de los mostradores de registro para pasajeros y equipaje, están las oficinas de las compañías aéreas. Entre ellas, Aerolíneas de México. El policía y el oficial de aduanas condujeron a Alonso a la oficina de Aerolíneas de México. Están sentados. Aguardan . . .

Alonso:	Me duele el hombro . . .
Policía:	Tenga un poco de paciencia. Dentro de algunos minutos lo volvemos a llevar al hotel.
Alto-parlante:	Pasajeros del vuelo 852 de Aerolíneas de México con destino Buenos Aires, favor presentarse en el mostrador de la compañía.
Policía:	¿Oyó Ud.? Es probablemente la última llamada. ¿Está Ud. seguro de que no han llegado?
Alonso:	Sí.
Oficial:	¿Están en la lista de pasajeros?
Policía:	No. Hace un momento, no estaban en la lista. Pero creo que van a tomar ese vuelo, y necesito verlos urgentemente.
Oficial:	¿Preguntó Ud. si llamaron esta mañana?
Policía:	Sí, pregunté hace un rato, pero . . . Miren: ahí hay una empleada; ella era la que atendía a los pasajeros. Voy a preguntarle. Señorita, por favor.
Empleada:	¿A la órden?
Policía:	¿Hizo alguien reservaciones esta mañana?
Empleada:	Sí, dos pasajeros. Un señor y una señora. Acaban de reservar.
Policía:	¿Para Buenos Aires?
Empleada:	Sí, mire. Ahí tiene la lista. Pero ellos no se han presentado. No todavía . . .
Policía:	Muy bien. Gracias. ¿Ven Uds.? Yo tenía razón. Seguramente están por llegar.
Alonso:	Entonces puedo volver al hotel.
Policía:	No. Ud. tiene que esperar. Lo necesito. Quiero estar muy seguro de que son ellos, y Ud. va a mostrármelos. Dígame, señorita, ¿cuánto tiempo va a esperar el avión?

Empleada:	Ud. sabe: Si no llegan en seguida . . . no podemos esperar.
Policía:	¿Cuánto tiempo todavía?
Empleada:	Dos minutos, máximo.

Entre tanto, el taxi en que vienen Alvarez y María Josefa va aún por la carretera que conduce al aeropuerto.

Alvarez:	¿No podría ir más rápido? Estamos retardados.
Chofer:	¿Qué puedo hacer, señor? Mi taxi anda así. No puede ir a más velocidad. Además, el avión se retrasa siempre. Bueno: no siempre, pero, casi siempre. Yo nunca he viajado en avión. Pero el primo de mi cuñado sí viaja a menudo. Es del equipo nacional de fútbol. Va a todas partes. Además, es rico. Pero yo, taxista . . . aunque me gusta. Me gusta mi taxi. Prefiero ser taxista que . . . Por ejemplo, mi cuñado es policía.
Alvarez:	¿Sí?
Chofer:	Yo prefiero ser taxista. Conozco gente, gente buena. Pero él, ¡fm m m.! Es detective. Lo que ve son ladrones y asesinos . . . La semana pasada, por ejemplo, tuvo un caso horrible.
María Josefa:	¿No podría ir un poco más rápido?
Chofer:	El me contó todo. Tres muertos. Escenas sangrientas. Un loco que había matado a su esposa y a sus dos niños con un cuchillo. Mi cuñado encontró al asesino. ¡Si Uds. hubieran visto! Mi cuñado nunca estaba en casa. Todo el tiempo afuera. Ni un minuto en casa. Después, le dieron tres días de licencia. Hacía dos horas que había llegado a casa, cuando el jefe lo llama. Otro caso. Yo no sé exactamente de qué se trata, pero está muy ocupado. Ayer, por ejemplo, ni almorzó ni comió en casa. Salió desde por la mañana. Pasó todo el día en las calles buscando a un hombre. Esta mañana vi a mi hermana y me dijo: ''Jesús no ha llegado, pasó toda la noche afuera''. Claro que mi hermana no está contenta. No lo ve nunca.
Alvarez:	¿Y tienen niños?
Chofer:	Seis. Ahí está el aeropuerto. ¿Ven? Yo tenía razón. A tiempo. A la hora precisa.
Alvarez:	Muy bien. Le agradezco mucho.
Chofer:	Yo se lo dije. Este es mi oficio. Yo lo sé.

El taxi se detiene. Alvarez paga al chofer.

Chofer:	¡Oh, señor! Es demasiado. Me da demasiado.
Alvarez:	¡No! . . . y quédese con el cambio.
María Josefa:	Tome, tome estos billetes también. Nos vamos. Ya no necesitamos pesos mexicanos.
Chofer:	¿Pero, si vuelven algún día? Si vuelven, yo los llevo en mi taxi y les muestro toda la ciudad, sin cobrarles nada . . . y los llevo a las pirámides.
María Josefa:	Es muy amable, pero . . . Ven, Eduardo.

Alvarez y María Josefa bajan del taxi y corren al hall de salida del aeropuerto. El chofer los llama:

Chofer:	¡Me llamo Onésimo, Onésimo Vargas! ¡Taxi número 38! ¡No se les olvide!

Pero Alvarez y María Josefa están ya en el hall y no oyen.

¡Miren! El auto de mi cuñado . . .

Empleada:	¿Uds. son del vuelo 852 a Buenos Aires?
Alvarez:	Sí.
Empleada:	Apúrense entonces. Los pasajes, por favor.
María Josefa:	*(a Alvarez)* Creo que ya la suerte está con nosotros.
Alvarez:	Así lo espero. En todo caso, el perro no nos siguió. Ya eso es mucho.
Empleada:	¿No tienen equipaje?
Alvarez:	No.
Empleada:	¿Absolutamente nada?
Alvarez:	No.
María Josefa:	Es decir: teníamos, pero lo perdimos.
Empleada:	Así todo es más sencillo y más rápido. Los pasaportes, por favor.
Alvarez:	¿Los pasaportes?
Empleada:	Tengo que ver los pasaportes antes de hacer la tarjeta de embarque.
Alvarez:	Aquí están.
Empleada:	Gracias. Un segundito, por favor. Ya vuelvo.
María Josefa:	¿Qué es esto? Primero nos pide los pasaportes y ahora . . .
Alvarez:	Creo que es lo normal. Hay que mostrar el pasaporte en los vuelos internacionales. Todo está en orden. Después de aquí, pasamos a la inmigración y después . . . ¡a Buenos Aires!

Empleada:	Perdonen. Ya habíamos terminado el registro y no tenemos más tarjetas de éstas. Voy a escribirlas a máquina y Uds. las presentan en la inmigración.

Escribe las tarjetas a máquina.

Mientras tanto, detrás del contador, en la oficina de Aerolíneas de México . . .

Policía:	¿Son ellos?
Alonso:	Sí; ella es María Josefa Parodi y él es Eduardo Alvarez.
Policía:	Perfectamente. Ya los vi y puedo estar seguro de que salen del país: todo anda bien.
Alonso:	¿Qué piensa hacer ahora?
Policía:	Es asunto mío. Ud. regresa a la ciudad. Uno de mis hombres va con Ud. Va a llevarlo a su hotel.
Policía:	Yo se lo dije: Si me ayuda, yo le ayudo. De modo que Ud. vuelve a su hotel, y se queda en su habitación. No trate de huir. Un hombre va a vigilarlo.
Alonso:	¿Y qué hago en el hotel, sin poder salir?
Policía:	Descansar, y esperarme. Adiós. Tengo que irme ya, pero dentro de dos días voy a verlo y si todo anda bien, queda Ud. en libertad. Comprendido, ¿no? Nada de hacer barbaridades, señor Alonso.

La empleada acaba de terminar. Devuelve los pasajes y los pasaportes a Alvarez y a María Josefa.

Empleada:	Aquí están. Apúrense, por favor. Vayan con el pasaporte al servicio de inmigración.
María Josefa:	¿Por dónde es?
Empleada:	La segunda sala a la izquierda. Sala B. ¡Buen viaje!

Alvarez toma a María Josefa de la mano, y corren a la inmigración. Presenta los pasaportes. Es el último obstáculo. Si nadie los detiene ahora, pueden tomar el avión; salir del país, volver a Argentina, ¡Quedar en libertad!

Un funcionario examina los pasaportes. Los cierra, y los devuelve.

Funcionario:	Todo está en orden.
Alvarez:	Gracias. Ven.
Funcionario:	Señores, perdonen un momento.
María Josefa:	Sí, ¿qué pasa?
Funcionario:	¿Quisieran venir aquí, por favor?
María Josefa:	¿Hay algo mal?
Alvarez:	No. Todo está en regla.
Funcionario:	Olvidaron firmar la tarjeta de embarque. No me había fijado.
María Josefa:	Perdone. No pusimos atención.
Alvarez:	Llegamos tarde y . . .
Funcionario:	No tiene importancia. . . Firmen ahí. . . y ahí. . . Gracias, y buen viaje.

Alvarez y María Josefa pasan a la sala de espera donde los otros pasajeros aguardan.

Alvarez:	¿Ves? Vamos a tomar el avión. Ahora nadie puede detenernos. El último obstáculo era la inmigración.
María Josefa:	Me dio miedo cuando nos llamó. Pero tienes razón. Ahora podemos estar tranquilos.
Alvarez:	¿Te das cuenta? Hasta el perro nos dejó tranquilos. Ven, vamos al bar. ¡Vamos a celebrar!
María Josefa:	Sí, estupendo.
Azafata:	Atención, por favor. Pasajeros del vuelo 852 de Aerolíneas de México con destino Buenos Aires, sírvanse abordar el avión por la puerta de salida número dos.
Alvarez:	Tanto mejor, te ofrezco un trago después, a bordo del avión.

Siguen a la azafata y a los demás pasajeros y abordan el avión. Se sientan y abrochan los cinturones.

El avión decola y toma altura. Ya van camino a Buenos Aires.

Alvarez:	¿Le dijiste a Francisco que nos esperara en el aeropuerto?
María Josefa:	Sí, le dije.
Alvarez:	Muy bien. Como ves, nuestra misión está cumplida. Te ofrezco ahora un trago. Aquí viene la azafata. Señorita, por favor . . .
Azafata:	¿Qué desea, señor?
Alvarez:	¿Podría servirnos algo?

Azafata:	¿Cómo? ¿Una bebida?
Alvarez:	Sí.
Azafata:	Sí, señor. Con mucho gusto. ¿Qué desearían tomar?
Alvarez:	¿Tiene champaña?
Azafata:	Sí. ¿Para dos?
Alvarez:	¿María Josefa?
María Josefa:	Es mi trago preferido.
Azafata:	Muy bien. Lo traigo enseguida.
Alvarez:	¿Estás contenta ahora?
María Josefa:	Sí, Eduardo. Muy contenta. Has sido muy bueno conmigo. En la cárcel; luego en Mérida y después . . .
Alvarez:	¿En la playa?
María Josefa:	Sí.
Alvarez:	Tú también has sido muy buena. ¿Te das cuenta? Vamos para Buenos Aires. Vamos a beber champaña y en seguida me afeito.
María Josefa:	Tu barba parece una brocha.
Alvarez:	Primero me afeito, y después, te abrazo. Luego, duermo hasta llegar a Buenos Aires. No olvides despertarme.
María Josefa:	Bueno. Pero si quieres, puedes abrazarme ahora mismo.
Azafata:	Perdón. Aquí está el champaña.
María Josefa:	¡Qué linda se ve el champaña en la copa . . . !
Alvarez:	Y es mejor en la boca.
María Josefa:	Por ti, Eduardo.
Alvarez:	¿Por mí? Por ti. Por nosotros, María Josefa. Por nosotros.

Levantan las copas y beben.

Y no hay que olvidar esas "cuatro cajitas". Esas cuatro cajitas que están en el avión. En NUESTRO avión.

María Josefa:	Y brindo también por . . . por nuestro amigo de cuatro patas.
Alvarez:	¡Ah! Nuestro querido compañero. Ese perrito tan bonito. Pero brindo sobre todo por ti, María Josefa . . . ¡Ah! . . . mira . . . ¡Qué extraño! Hay un aeromozo en primera clase . . . Estoy seguro que lo conozco. He visto esa cara en alguna parte . . .

PREGUNTAS

1. ¿Qué hacen el policía y Alonso en el aeropuerto?
2. ¿A dónde irá Alonso después?
3. ¿Cómo le parece a Ud. el chofer del taxi?
4. ¿Por qué es interesante lo que dice el chofer?
5. ¿Qué les sucede a Eduardo y María Josefa en la inmigración?
6. ¿Qué se hizo el perro?
7. ¿Vio Eduardo a Alonso en el aeropuerto?
8. ¿Por qué brindan Eduardo y María Josefa con champaña?
9. ¿Para qué va a afeitarse Eduardo?
10. ¿A quién ve Eduardo en primera clase?

20 Todos se encuentran

A bordo del avión de Aerolíneas de México, vuelo 852.

Azafata: Señores y señoras, acabamos de aterrizar en el aeropuerto internacional de Ezeiza, Buenos Aires. Son las ocho y veinticuatro hora local. La temperatura es de 12 grados.

María Josefa: Doce grados, ¿oyes? Hace frío en Buenos Aires.

Alvarez: Tal vez, pero estoy muy contento de estar aquí.

Azafata: Les rogamos permanecer sentados y mantener abrochados los cinturones hasta que el avión haya parado completamente. Esperamos que hayan tenido un vuelo agradable. El comandante y su tripulación les desean una estadía placentera en Buenos Aires, y esperan verlos de nuevo a bordo de Aerolíneas de México. Rogamos a los pasajeros asegurarse de tener todos sus objetos de mano antes de dejar el avión. Gracias.

María Josefa: Creo que no podemos olvidar nada a bordo. No tenemos nada.

Alvarez: Excepto nuestros recuerditos . . .

María Josefa: Que están en las cajitas . . .

Alvarez: Tú que eres experta dime: ¿tuvimos un buen piloto?

María Josefa: ¡Mejor que yo!

Alvarez: Pero tú eres mucho más bella.

María Josefa: Además, esta vez no vamos a acabar en San Jerónimo, en la cárcel, con el sargento Hernández.

Alvarez: Sin esperanza de churrasco y jugando veintiuna.

María Josefa: Ahora, a darnos a la buena vida. Estoy segura de que Francisco va a darnos una buena comisión.

Alvarez: Así lo espero. Después de todo lo que hicimos por él . . .

Azafata: Señores y señoras sírvanse salir por la puerta delantera del avión.

Alvarez: Ya llegamos. No más problemas. No hay que esperar ningún equipaje ni declarar nada.

María Josefa: Te olvidas de las cajas.

Alvarez: No veo a Francisco. ¿Le permiten esperarnos al frente de la aduana?

María Josefa:	Creo que sí. En todo caso, así se lo pedí.
Alvarez:	Ayer, ¿por teléfono?
María Josefa:	Mira! ahí está. Está allá, y nos busca.

Lo llaman. Francisco los ve y corre hacia ellos.

Francisco:	¡Ah! ¡Aquí están! ¿Salió todo bien? ¡Estaba tan preocupado! Un momento, voy a abrazarlos. Primero a ti, María Josefa . . . ¿Dónde se habían metido? Hacía cinco minutos que los buscaba.
María Josefa:	Acababas de llegar.
Francisco:	¿Están muy cansados?
Alvarez:	Dormimos en el avión.
Francisco:	¿Y las cajas? ¿Dónde están? Me hablaste ayer de ellas por teléfono.
María Josefa:	Están en el avión. Van a llegar de un momento a otro con el equipaje.
Alvarez:	Y aquí tienes la licencia oficial de la aduana mexicana.
Francisco:	¡Extraordinario! "Artesanías". Y una autorización, a nombre mío, para retirarlas. ¡Ah! ¡Es fabuloso!
Alvarez:	Fue idea de Alonso. Tenía bien preparado su golpe. ¡Qué asqueroso!
Francisco:	María Josefa me dijo que tuvieron problemas con él, ¿no?
Alvarez:	¡Ay . . .!
Francisco:	¿Y qué hay en las cajas?
Alvarez:	¡Tantas cosas! Máscaras, figurillas, vasos.
María Josefa:	Creo que traemos una fortuna. Alonso cogió algunos objetos para él. Pero fuera de eso . . .
Francisco:	¡Ajá! Con que el señor profesor se robó algunas cosas . . .
Alvarez:	Lo había cogido todo. Se había llevado las cajas.
Francisco:	Ahí vienen las primeras maletas. ¿Ven las de Uds.?
Alvarez:	¿Las nuestras? Están en México. Las dejamos en el hotel porque la policía nos seguía. Pasamos la noche en la playa, y tomamos el avión en el último momento.
María Josefa:	Ya sabes. Creíamos que todo estaba perdido.
Francisco:	¿Qué pasó?
María Josefa:	Todo andaba admirablemente bien. Estábamos un poco retrasados, pero teníamos cuatro cajas llenas. Estaban en el avión y salimos de las pirámides rumbo a Gran Caimán.
Alvarez:	Y Alonso, salió en el jeep para Mérida.
Francisco:	Sí, tal como lo habíamos planeado . . .

María Josefa:	Después de diez minutos de vuelo el motor del avión empezó a recalentarse y a fallar.
Alvarez:	¡María Josefa hizo un aterrizaje forzoso fantástico!
María Josefa:	Destrocé todo, sí.
Alvarez:	Salvo las cajas.
María Josefa:	Afortunadamente, no resultamos heridos. Abandonamos el avión y buscamos un pueblo para llamarte y decirte que teníamos muchas cosas, pero que también estábamos retardados.
Alvarez:	Fue entonces cuando nos detuvieron.
Francisco:	¡Los detuvieron! . . .
María Josefa:	Tres soldados. Un sargento y dos hombres tres días en la cárcel. María Josefa: ¿fueron dos, o tres días?
María Josefa:	Ya ni sé. En la cárcel, el tiempo . . .
Francisco:	¡Pobres amigos! Merecen una buena comisión. ¿Y Alonso?
María Josefa:	El iba camino a Mérida. Estoy segura de que vio el avión y pensó que habíamos tenido un accidente. Encontró el avión. Eso nos dijo. Y dijo también que nos había buscado, pero que nosotros ya nos habíamos ido.
Alvarez:	Entonces se llevó las cajas. Así, sencillamente . . . Las cogió y se las llevó para Mérida.
Francisco:	Y de allá se las ofreció a Suárez . . . Pero ahora NOSOTROS las tenemos. Mira, ya llegan. Son esas, ¿no es verdad?
Alvarez:	Sí. Esas son. Esas son nuestras cuatro cajas.
Francisco:	¡Señor! Tome esas cuatro cajas, por favor. Y vamos a la aduana.
María Josefa:	¿Qué vas a decir?
Francisco:	Ante todo, no debo pagar nada. Son antigüedades. El verdadero problema eran las aduanas mexicanas a la salida. Pero ahora, aquí, todo es legal. Vengan, vamos a pasar la aduana y les prometo que después, vamos a beber una botella de champaña y a celebrar con una cena.

Pasan la aduana. Todo sale bien. Francisco Castelli tiene sólo que firmar un recibo más.

	¡Y a gozar ahora! Por aquí señor.
María Josefa:	¡Eduardo! ¡Mira!
Alvarez:	¿Qué?
María Josefa:	Allá, en la salida. El chofer del auto de la policía de Mérida. Es él. Estoy segura.

Alvarez:	Es el mismo que estaba a bordo del avión. El aeromozo que atendía en la cabina de primera clase.
Francisco:	¿Qué sucede?
Alvarez:	¡La policía! La policía nos ha seguido hasta aquí. El hombre que tenía uniforme de aeromozo de Aerolíneas de México, es un policía mexicano.
Francisco:	¿Estás seguro?
María Josefa:	Claro que sí.
Francisco:	Pero no tiene ningún derecho . . .
Alvarez:	¿Ves a los dos civiles que están con él? Creo que son policías argentinos.

Efectivamente, el policía mexicano avanza hacia ellos. Lo acompañan dos civiles.

Interpol:	¿Señor Castelli? Somos de Interpol.
Francisco:	¿Qué pasa? ¿Qué quieren?
Interpol:	Queremos saber si Ud. es el señor Castelli. El señor Francisco Castelli.
Francisco:	¡Ah . . .! Sí. Soy yo. ¿Por qué?
Interpol:	Síganos, por favor.
Francisco:	¿De qué me acusan? ¿Y, con qué derecho?
Interpol:	Ya se lo diremos.
Francisco:	¿Y quién es este aeromozo?
Policía:	Perdone el uniforme, señor. Soy de la policía mexicana y el Interpol trabaja en colaboración con nosotros.
Francisco:	Uds. no tienen ningún derecho sobre mí.
Interpol:	Sí, señor. Tengo una demanda contra Ud.. Aquí está. Se le acusa de robo y de exportación ilegal de objetos de arte de interés nacional.
Francisco:	¿Y ellos?
Policía:	¿Quiénes? ¿La señorita Parodi y el señor Alvarez? No tenemos pruebas contra ellos. No por el momento. Quedan libres. Además, es Ud. el que nos interesa. Por eso dejamos viajar las cajas. Para estar seguros y tener pruebas . . . Para encontrarlo a Ud., señor. Además, confieso, que siempre deseé visitar esta linda metrópolis.
Interpol:	Venga. Síganos.

El hombre que lleva las maletas ha asistido a toda esta escena con cara sorprendida.

Maletero:	¿Y qué hago yo? ¿Y las cajas?
Interpol:	Déjelas en la aduana.
Francisco:	Espere un segundo . . .
Interpol:	Bueno, señor, ¡andando!
Francisco:	Un momento. Voy a pagarle a este señor.

Francisco Castelli se acerca al señor, quiere darle un billete.

Interpol:	No. Por aquí. Síganos.

Los policías se llevan a Francisco Castelli. Alvarez y María Josefa se quedan ahí, solos, sin equipaje, sin nada.

Alvarez:	¿Viste? Francisco trató de darle dinero al hombre.
María Josefa:	¿Sí?
Alvarez:	Probablemente para pedirle que no devolviera las cajas a la aduana.
María Josefa:	¿Para que nos las diera a nosotros? ¡Dios mío! Francisco . . . siempre el mismo . . .
Alvarez:	Cuando pienso en esas cajas y en esa fortuna . . .
María Josefa:	Olvida las cajas y ven. Ven, Eduardo. Vamos a casa.
Alvarez:	¡Ah sí! De veras. En la cárcel me prometiste invitarme a cenar a tu casa.

Salen del aeropuerto y toman un taxi. Van a Buenos Aires, a casa de María Josefa.

Alvarez:	¡Qué bonito es tu apartamento!
María Josefa:	¿Te gusta?
Alvarez:	Mucho. ¡Tienes suerte! . . . ¡un apartamento así! Tiene una vista bellísima. Pero prefiero mirarte a ti.
María Josefa:	Eres un amor.
Alvarez:	Pero no puedo olvidar esas cajas.
María Josefa:	Hay que olvidarlo todo. Y hay que celebrar.
Alvarez:	Me encantaría. Pero . . . ¿qué?
María Josefa:	Primero, nuestra libertad. No tengo champaña; pero hay wisky.
Alvarez:	Perfecto. Pon un disco, ¿quieres?
	Sí, estamos libres. La policía dijo que no tiene pruebas contra nosotros.
María Josefa:	Claro que no. No tuvimos las cajas ni en México, ni en Buenos Aires.

Alvarez:	¿Te acuerdas? Alonso nos dijo que Francisco le había robado.
María Josefa:	Sí. Recuerdo muy bien. ¿Sabes? Francisco hace a veces unas cosas . . .
Alvarez:	Estoy seguro de que Alonso dió su nombre a la policía para vengarse; y para salvarse.
María Josefa:	Es seguro. No le gustaba Francisco. Lo detestaba.
Alvarez:	¿Y tú?
María Josefa:	¿Yo?
Alvarez:	¿Lo quieres todavía?
María Josefa:	¡Estás loco!
Alvarez:	Así me gusta. Brindo por . . . nuestro buen viaje.
Alvarez:	Después de todo, no estuvo mal. Yo nunca había ido a México . . . ni a la cárcel.
María Josefa:	¿Sabes lo que deberías decir ahora?
Alvarez:	No.
María Josefa:	"Antes, estábamos en Buenos Aires. Pero no nos conocíamos. Ahora, nos conocemos . . ."
Alvarez:	¿Quieres brindar por eso? Prefiero dejar la copa sobre la mesa . . . Pon tu copa sobre la mesa . . . Déjame tomarte en mis brazos . . . y besarte.

Y dicho y hecho . . . Las copas permanecen llenas y la música continúa, continúa, continúa siempre.

PREGUNTAS

1. ¿En dónde se desarrolla casi todo este episodio?
2. ¿Dónde espera Francisco a Eduardo y María Josefa?
3. ¿Qué le cuentan a Francisco?
4. ¿Qué piensa hacer Francisco para premiar tan buen trabajo?
5. ¿Quién los espera a la salida de la aduana?
6. ¿Por qué el Interpol no detiene a Eduardo y a María Josefa?
7. ¿A dónde van Eduardo y María Josefa?
8. ¿Cómo le parece a Eduardo el apartamento de María Josefa?
9. ¿Por qué está Eduardo un poco triste?
10. ¿Qué van a celebrar?

Verbs with Irregular Forms

Stem-changing Verbs: CLASS I

Changes in the stem vowel (*e* to *ie* or *o* to *ue*) occur in certain verbs ending in -*ar* and -*er* in all persons of the singular and in the third person plural of the present indicative; these changes also occur in the singular imperative and the present subjunctive.

comenzar — to begin

Present Indicative		Present Subjunctive	
comienzo	comenzamos	comience	comencemos
comienzas		comiences	
comienza	comienzan	comience	comiencen

Imperative

comienza
comience
comiencen

volver — to return

Present Indicative		Present Subjunctive	
vuelvo	volvemos	vuelva	volvamos
vuelves		vuelvas	
vuelve	vuelven	vuelva	vuelvan

Imperative

vuelve
vuelva
vuelvan

Other CLASS I Stem-changing Verbs:

acordar	descender	negar	volar
almorzar	doler	pensar	volver
atender	encontrar	perder	
calentarse	jugar	querer	
colgar	mostrar	sentarse	
contar	moverse	tener (tengo)	

Stem-changing Verbs: CLASS II

In certain verbs ending in -*ir* the same changes as in CLASS I occur, and also a change of *e* to *i* or *o* to *u* in the first and second persons plural of the present subjunctive, both third persons of the preterit, and all persons of the imperfect subjunctive.

advertir — to advise

Present Indicative

advierto	advertimos
adviertes	
advierte	advierten

Present Subjunctive

advierta	advirtamos
adviertas	
advierta	adviertan

Preterit

advertí	advertimos
advertiste	
advirtió	advirtieron

Past Subjunctive (Imperfect)

advirtiera	advirtiéramos
advirtieras	
advirtiera	advirtieran

Imperative

advierte
advierta
adviertan

sentir — to feel, regret

Present Indicative

siento	sentimos
sientes	
siente	sienten

Present Subjunctive

sienta	sintamos
sientas	
sienta	sientan

Preterit		Past Subjunctive (Imperfect)	
sentí	sentimos	sintiera	sintiéramos
sentiste		sintieras	
sintió	sintieron	sintiera	sintieran

Imperative

siente
·sienta
sientan

dormir — to sleep

Present Indicative		Present Subjunctive	
duerme	dormimos	duerma	durmamos

Preterit		Past Subjunctive (Imperfect)	
durmió	durmieron	durmiera	durmiéramos
		durmieras	
		durmiera	durmieran

Imperative

duerme
duerma
duerman

Other CLASS II Stem-changing Verbs:
divertir
mentir
preferir
presentir

Stem-changing Verbs: CLASS III

In certain other -ir verbs the change of e to i occurs in all persons and tenses affected in CLASSES I and II.

pedir — to request

Present Indicative		Present Subjunctive	
p*i*do	pedimos	p*i*da	p*i*damos
p*i*des		p*i*das	
p*i*de	p*i*den	p*i*da	p*i*dan

Preterit		Past Subjunctive	
pedí	pedimos	p*i*diera	p*i*diéramos
pediste		p*i*dieras	
p*i*dió	p*i*dieron	p*i*diera	p*i*dieran

Imperative

pide
pida
pidan

Other CLASS III Stem-changing Verbs:

despedirse	seguir
herir	servir
reir	sonreir
repetir	

Irregular Verbs Ending in: -*ecer, -ocer, -ducir*

All verbs (with a few exceptions) with the endings -*ecer, -ocer, -ducir* change in the first person singular and in all persons of the present subjunctive, being replaced with endings -*zco* or -*zca-*.

parecer — to seem   **conocer** — to know

Present Indicative		Present Indicative	
parezco	parecemos	conozco	conocemos
pareces		conoces	
parece	parecen	conoce	conocen

Present Subjunctive		**Present Subjunctive**	
parezca	parezcamos	conozca	conozcamos
parezcas		conozcas	
parezca	parezcan	conozca	conozcan

producir — to produce

Present Indicative

produzco	producimos
produces	
produce	producen

Present Subjunctive

produzca	produzcamos
produzcas	
produzca	produzcan

Other Verbs:

agradecer, desaparecer,
enfurecer, establecer,
merecer, ofrecer,
oscurecer, permanecer,
placer

VOCABULARIO

Note that the Spanish alphabet treats ch, ll and ñ as separate letters which come after c, l and n; this applies within words as well as initially. Verbs are listed by infinitives. Radical changing verbs are listed with their changes in brackets. The gender of nouns is indicated: (m.) for masculine, (f.) for feminine. The feminine of adjectives is also indicated: alguno (-a).

A

abandonar to leave
abordar to board
abrazar to embrace
abrir to open
abrochar to buckle
absoluto (en absoluto) absolutely
absurdo (-a) absurd
acá here
acabar to finish
acabar de to have just
se acabó it's all over, finished
aceite (m.) oil
acelerar to accelerate
aceptar to accept
accidente (m.) accident
acercarse to go near
acciones (f.) stock (stock market)
acordar (ue) to agree
acordarse (ue) to remember
acuerdo (de acuerdo) of agreement, agreed
acusación (f.) accusation
adelante forward, ahead
adelanto (m.) advance
además besides
adentro within
aduana (f.) customs
advertir (ie) to advise
aéreo (-a) air (adj.)
aerolínea (f.) airline
aeromozo (m.) steward
aeropuerto (m.) airport
afeitar to shave
afuera outside
agarrar to seize, to grab
agitar to agitate, excite
agradecer (zc) to thank
aguardar to wait
ahí there

ahora now
¡Ajá! Aha!
alcaldía (f.) mayor's office
alegrarse to become happy
alfarería (f.) pottery
alfombra (f.) rug
alguno (-a) some, any
almacén (m.) store
almohada (f.) pillow
almorzar (ue) to eat lunch
alrededor around
¡Alto! Halt!
altura (f.) altitude
allá there
allí there
amable friendly
ametralladora (f.) machine gun
amigo (-a) friend
amor (m.) love
animar to animate
ánimo (m.) spirit
angustiar to anguish
ante in front of
anticipo (m.) advance payment
anticuario (m.) anticuary, collector of antiques
antigüedad (f.) antiquity
antiguo (-a) ancient
anunciar to announce
añadir to add
año (m.) year
apasionante exciting, thrilling
apellido (m.) surname
apenas hardly
aperitivo (m.) appetizer, cocktail
apreciar to appreciate
apresurarse to hurry
aprisionar to imprison
aprovecharse de to take advantage of

apurarse to hurry up
aquí here
árbol (m.) tree
arena (f.) sand
árido (-a) arid, dry
armada (f.) fleet, armada
armario (m.) closet
arqueólogo (m.) archeologist
arreglar to arrange
arrendar (ie) to rent, to lease
arruinar to ruin
arte (m.) art
artículo (m.) article
as (m.) ace
asegurar to assure
asentarse (ie) to settle
asesino (m.) assassin
así like this, so
asistente (m.) assistant
asistir a to be present
asombrar to astonish, to amaze
asqueroso (-a) loathsome, disgusting
asunto (m.) matter, subject
atendar (ie) to take care of
aterrizaje (m.) landing
aterrizar to land
atmósfera (f.) atmosphere
atrás back, backward
atravesar (ie) to go through, to cross
atreverse to dare
aún even, yet
auténtico authentic
autentificar authenticate
autobús (m.) bus
automóvil (m.) automobile
autoridad (f.) authority
avanzar to advance
avenida (f.) avenue
avergonzar (ue) to embarrass
aventurero (-a) adventurer
averiguar to find out
avión (m.) airplane
auxilio (m.) help
ayer yesterday
ayuda (f.) help
ayudar to help
azafata (f.) stewardess
azúcar (m.) sugar

B

bajar to go down, to lower
bajo (-a) low, short, under
bala (f.) shot, bullet

bancarrota (f.) bankruptcy
banco (m.) bank, dealer (cardgame)
bandeja (f.) tray
barajar to shuffle
barba (f.) beard
barbería (f.) barbershop
barbaridad (f.) atrocity
   ¡Qué barbaridad! What nonsense!
                  What an atrocity!
barbero (m.) barber
barrio (m.) section of a city
barro (m.) clay
bastante enough
bastar to be enough
batirse to fight
bello (-a) beautiful
bendito (-a) blessed
besar to kiss
bestialidad (f.) brutality, bestiality
bien fine, well
   está bien it's all right
bigote (m.) mustache
billete (m.) bill, ticket
boca (f.) mouth
bolsa (f.) stock market
bolsillo (m.) pocket
bomba (f.) pump
bonito (-a) pretty
borde (m.) edge, border
   a bordo on board
borrar to erase
botar to throw away, to fling
brindar to give a toast
brocha (f.) brush
brújula (m.) compass
Bruselas Brussels
bueno (-a) good
buitre (m.) vulture
buscar to look for
búsqueda (f.) search

C

cabeza (f.) head
cabina (f.) booth, cabin
cabo (m.) corporal
cabra (f.) goat
caerse to fall down, to tumble
café (m.) coffee
caja (f.) box
cajón (m.) large box
calentarse (ie) to warm up
calidad (f.) quality

cálido (-a) warm, hot
callarse to keep silent, be silent
calle (f.) street
callejuela (f.) small, narrow street
cambiar to change
caminar to walk
camino (m.) road
camión (m.) truck
camisa (f.) shirt
campo (m.) field
canalla (m.) mean fellow
canoso (-a) greyhaired
cansar to tire
cantante singer
capitán (m.) captain
cara (f.) face
cárcel (f.) jail
cargada (f.) carrying
cargar to load
caro (-a) expensive
carretera (f.) highway
carta (f.) card, letter
casa (f.) house
casi almost
caso (m.) case
catastrófico (-a) catastrophic
categórico (-a) categorical
cebra (f.) zebra
celda (f.) cell
celebrar to celebrate
celos (m.) jealousy, suspicion
celoso (-a) jealous
centavo (m.) Mexican currency, cent
centenar (m.) one hundred
centro (m.) center, downtown area
cerca de near
cercano (-a) near, neighboring
cerdo (m.) pig
cero zero, nothing
cesar to cease, to stop
ciego (-a) blind
cielo (m.) sky
cien, ciento one hundred
cierto (-a) certain
cifra (f.) number, figure
cinco five
cincuenta fifty
cinturón (m.) seatbelt
cita (f.) appointment, date
ciudad (f.) city
ciudadano (m.) citizen
claro (-a) clear, clearly, light (color)
clavarse to dive
cliente (m.) client
clientela (f.) clientele

clima (m.) climate
cobrar to charge, to collect
coger to take, to grasp
colega (m.) colleaque
colgar (ue) to hang up
colina (f.) hill
cola (f.) tail
colocarse to situate oneself
comando (m.) command
comedia (f.) comedy
comentario (m.) comment, commentary
comenzar (ie) to begin
cómico (-a) humorous, funny
comida (f.) meal
como like, as
¿cómo? how? what?
cómoda (f.) chest of drawers
compañero (-a) companion
cómplice accomplice
comprar to buy
comprender to understand
con with
concluir to conclude
conde (m.) count
confesar (ie) confess
confiar to trust, to confide
confidencial confidential
conocer (zc) to know
consecución (f.) attainment
consulado (m.) consulate
consultar to consult
contador (m.) cashier
contestar to answer
contar (ue) con to count on
continuamente continuously
contra against
contrabando (m.) contraband
contrario (-a) contrary
contrato (m.) contract
convertir (ie) to convert
cooperar to cooperate
copa (f.) glass, goblet
corbata (f.) tie
correo (m.) post office
correr to run
cortar to cut, to cut off
cortesía (f.) courtesy
cortina (f.) thing
cosa (f.) thing
cosita (f.) little thing
costar (ue) to cost
costoso (-a) costly
creer to believe
crimen (m.) crime
criticar to criticize

cruzar to cross
¿cuál? which?
¿cuándo? when?
¿cuánto? how much?
cuanto how much
cuarto (m.) room
cuchillo (m.) knife
cuco (m.) cuckoo
cucú (m.) cuckoo
cuenta (f.) account, bill
cuello (m.) neck
cuidado (m.) care
cuidadosamente carefully
culpa (f.) blame
cumplir to comply, to fulfill
cuñado (m.) brother-in-law
cupo (m.) space
curioso (-a) curious, odd
curva (f.) curve

CH

chaleco (m.) vest
champaña (m.) champagne
cheque (m.) check
chocar to bump
churrasco (m.) barbecued meat

D

dañar to harm, hurt
dar (irr.) to give
dar la mano to shake hands
darse cuenta to realize
de of, in
deber to have to (ought, should)
decidir to decide
decir (i) to say
dejar to permit, to let, to leave
delantero (-a) front
delicado (-a) delicate
delicia (f.) delight
demás other
     los demás the rest, other
dentro within
dentro de within (prep.)
dependiente (m.) clerk
de pie standing
deprimir to belittle, to depress
derecha (f.) right

derecho (m.) right
de repente suddenly
desagradable disagreeable, unpleasant
desaparecer (zc) to disappear
desaparición (f.) disappearance
desayuno (m.) breakfast
descansar to rest
descargar to unload
descender (ie) to descend
descolgar (ue) to unhang, to take down
descubrir to discover
desde since (prep.)
¿desde cuándo? since when?
desear to want, to wish
desertar to desert
desesperar to lose hope
desgraciadamente unfortunately
desmayar to dismay, to lose courage
despacio slowly, slow
despacho (m.) office
despedirse (i) to say good-bye
después after
destapar to uncork
destino (m.) destination
destruir to destroy
detalle (m.) detail
detenerse to stop
detenidamente slowly, for a long time
detestar to detest
detrás de behind
de veras really
día (m.) day
diez ten
difícil difficult
dificultad (f.) difficulty
dinero (m.) money
Dios (m.) God
     por Dios for God's sake
dirección (f.) address
directorio (m.) directory
dirigirse a to address, to go toward
disparar to shoot
disponer (like poner) to dispose
dispuesto (-a) past participle (disponer)
distraer (like traer) to distract
distribuir to distribute
divertir (ie) to
divisar to sight
dólar (m.) dollar
doler (ue) to ache, to hurt
¿dónde? where?
donde where
dos two
doscientos (-as) two hundred

droga (f.) drug
drogería (f.) drugstore
duda (f.) doubt
dueña (f.) owner, landlady
dulce sweet
durar to last

E

echarse to throw oneself, to lie down
edad (f.) age
edificio (m.) building
efectivo (m.) cash
efecto (m.) effect
en efecto in fact
ejército (m.) army
el (m.) the
    los (m. pl.) the
elefante (m.) elephant
elegante elegant
embarazada pregnant
embarcar to ship
embarque (m.) shipment
empezar (ie) to begin
empleado (-a) employee
empleo (m.) employment, job
empujar to push
en at, in, on
enamorado (-a) in love
encantador (-a) charming, enchanting
encantar to charm, enchant
encanto (m.) delight, enchantment
encarcelar to jail, imprison
encender to light
encerrar (ie) to enclose
encontrar (ue) to find
encontrarse (ue) con to meet up with, run into
encrucijada (f.) intersection
enervar to enervate, weaken
enfermo (-a) sick
enfurecer (zc) to enrage, to anger
enjabonado (-a) soapy
enorme enormous
en regla in order
enrejado (-a) grated
ensalada (f.) salad
ensayar to try, to attempt
en seguida immediately
ensuciar to dirty
entender (ie) to understand
entero (-a) entire
entonces then

entrante entering, incoming
entrar to enter
entregar to give up, to hand over
entusiasmar to excite, fill with enthusiasm
enviar to send
envidiar to envy
envío (m.) shipment
episodio (m.) episode
equilibrio (m.) equilibrium
equipaje (m.) baggage
equipo (m.) team
equivocación (f.) error
equivocarse to be mistaken
escalera (f.) stairway, step
escapar to escape
escarbar to scrape, to dig out
escena (f.) scene
esconderse to hide
escuchar to listen
ese (-a) that
eso that
esos (-as) those
esfuerzo (m.) effort
esmeralda (f.) emerald
espalda (f.) back
especialidad (f.) specialty
especialista (m.) specialist
espectacular spectacular
espejo (m.) mirror
esperar to hope
espose (m.) husband
esposo (f.) wife
esquina (f.) corner
establecer (zc) to establish
estadía(f.) stay
estar to be
estatuilla (f.) small statue
este (-a, -o) this
estos (-as) these
esterlina sterling
estimar to esteem, to praise highly
estrechar to embrace
estrellar to crash
estricto (-a) strict
estudiar to study
evadir to evade
evaluar to evaluate
evidente evident
ex-amiguita (f.) ex-girlfriend
excavar excavate
existir to exist
experto (m.) expert
explicar to explain
ex-prometida ex-betrothed

exquisito (-a) exquisite
extenuado (-a) weak, emaciated
extraño (-a) strange

F

fallar to fail
falsificar to falsify
falso (-a) false
falta (f.) fault, mistake
fanfarronería (f.) boasting, bluffing
farsante bluffer, charlatan
fecha (f.) date
felicitaciones (f.) congratulations
figurarse to imagine
figurilla (f.) small ornament, objects
    of Mayan art
fijamente fixedly
fijarse to pay attention to
fin (m.) end
    al fin finally
finalidad (f.) purpose
financiar to finance
financiero (-a) financial
finanzas (f.) finance
firmar to sign
flete (m.) freight, freightage
fondo (m.) back, background
formidable formidable, fearful
fortuna (f.) fortune
forzoso (-a) forced
franco (-a) frank, candid
frase (f.) phrase
frenar to brake, stop
frente (m.) front
fresco (-a) fresh
frigorífico (m.) refrigerator
frontera (f.) fontier
fuente (f.) source, fountain
fuerte strong
furia (f.) fury
furioso (-a) furious

G

gallina (f.) hen
ganar to win, to earn
garantía (f.) guarantee
gasto (m.) expense
genio (m.) genious
gente (f.) people
gentil gracious

gentileza (f.) courtesy
gentío (m.) crowd
gesto (m.) gesture
girar to issue
golpe (m.) blow
golpear to knock at a door
gordo (-a) fat
gran great
grande big, large
grave serious
gris grey
gritar to shout
guía (m.) guide
guiar to guide
gustar to like, to please
gusto (m.) taste

H

haber to have
    hay there is, there are
    hay que one must, one has to
    ¿Qué hay de nuevo? What's new?
habitación (f.) room
hablar to speak
hacer (irr.) to do, to make
    si hace el favor if you please
hacia toward
harto (-a) fed up
hecho (m.) fact
helicóptero (m.) helicopter
herir (e>ie, e>i) to wound
héroe (m.) hero
hielo (m.) ice
hierro (m.) iron
historia (f.) story
hoja (f.) sheet, leaf
hombre (m.) man
hombro (m.) shoulder
honesto (-a) honest
hora (f.) hour
hoy today
hoyo (m.) hole, pit
huella (f.) traces, tracks
huir to escape
humor (m.) humor
    mal humor bad mood

I

idiota (m.) idiot
iglesia (f.) church

imbécil (m.) imbecile
impaciente impatient
importar to be important
impuesto (m.) tax
inclinar to incline
incrédulo (-a) unbelieving
increíble unbelievable
indiscreto (-a) indiscreet
inesperado (-a) unexpected
infiel unfaithful
informar to inform
informe (m.) report
ingenio (m.) genius
inmediatamente immediately
inmóvil still, motionless
inmundo (-a) filthy, dirty
inocente innocent
inquieto (-a) restless, uneasy
insistir to insist
instante (m.) instant
interesante interesting
interrogar to interrogate
intervenir (ie) to intervene
intrigar to intrigue
inversión (f.) investment
invitar to invite
ir (irr.) to go
   ¿Cómo te va? How's everything going?
isla (f.) island
izquierda (f.) left

J

jabón (m.) soap
jamás never
jefe (m.) chief, leader
jota (f.) jack (playing card)
joven young
joven (m., f.) young person
jugar (ue) to play
junto (-a) together
junto a close to, near
jurar to swear

K

kilo (m.) 2.2 pounds
kilómetro (m.) kilometer

L

la (f.) the
   las (f., pl.) the
   la (dir. obj. pron.) her, it
   las (dir. obj. pron.) them
ladearse to tilt, to sway
lado (m.) side
ladrar to bark
ladrón (m.) thief
lana (f.) wool
lanzar to eject
lanzarse to fling oneself
lápiz (m.) pencil
largar to go away, to release
largo (-a) long
   a lo largo along
lata (f.) tin can
le (ind. obj. pron.) him, her, you
   les (ind. obj. pron.) them, you (pl.)
leche (f.) milk
lecho (m.) bed
leer to read
levantarse to get up
libertad (f.) liberty, freedom
libra (f.) pound
   libra esterlina pound sterling (British currency)
librería (f.) bookstore
línea (f.) line
lindo (-a) pretty
lista (f.) list
listo (-a) ready
lo (dir. obj. pron.) him, it, you
   los (dir. obj. pron.) them, you (pl.)
locura (f.) insanity, madness
lógico (-a) logical
luego then, later
   hasta luego see you later
lugar (m.) place
lujoso (-a) luxurious

LL

llamada (f.) call
llamar to call
llamarse to call oneself, to be named
llegar to arrive
llevar to carry, to wear
lluvia (f.) rain

M

madera (f.) wood
maleta (f.) suitcase
maletín (m.) satchel
malo (-a) bad
manchar to stain
manga (f.) sleeve
mansión (f.) dwelling, mansion
mantener (like tener) to maintain
mañana (f.) morning, tomorrow
máquina de escribir (f.) typewriter
maravilloso (-a) marvelous
marchar to go, to run
más more
    más o menos more or less
máscara (f.) mask
máximo (m.) maximum
mayas (m. pl.) Mayan Indians
    maya Mayan
me (dir./ind. obj.) me, to me
medio (m.) means, way
mejilla (f.) cheek
mejor better
mente (f.) mind
mentir (ie) to lie
mentira (f.) lie
a menudo often
    muy a menudo very often
merecer (zc) to deserve
mes (m.) month
meter to get (in), to put (in)
metro (m.) meter
mexicano (-a) Mexican
mi, mío (-a) my
miembro (m.) member
mil a thousand
mina (f.) mine
mínimo (m.) minimum
mirar to look (at)
mismo (-a) same
misterioso (-a) mysterious
momento (m.) moment
montón (m.) pile, heap
mostrar (ue) to show
moverse (ue) to move
mozo (m.) waiter, bellhop
mucho (-a) a lot of, much, many
muchísimo (-a) very much, very many
mujer (f.) woman
multitud (f.) multitude, crowd
mundo (m.) world
museo (m.) museum

N

nacimiento (m.) birth
nada nothing
nadie no one, not one
nariz (f.) nose
navaja (f.) razor
necesitar to need
negar (ie) to deny
negocio (m.) business
negro (-a) black
nervioso (-a) nervous
neumático (m.) tire
ningún, ninguno (-a) no, none, not any
nombre (m.) name
no obstante nevertheless
nos (ind./dir. pron.) us
noticia(s) (f.) news
nuca (f.) nape or scruff of the neck
nuestro (-a) our
nueve nine
    son las nueve it's nine o'clock
nuevo (-a) new
    de nuevo again

O

objeción (f.) objection
objeto (m.) object
obligar to oblige, to compel
obra (f.) work
obstinar to be stubborn
occidental western
ocupar to busy, to occupy
oeste (m.) west
oficina (f.) office
oficio (m.) office, position
ofrecer (zc) to offer
ojo (m.) eye
olvidar to forget
operación (f.) operation
operador (-a) operator
optimista optimist
orden (f.) order, command
ordenar to order
ornamento (m.) ornament
oro (m.) gold
oscurecer (zc) to get dark
otro (-a) other, another
otra vez again
oír (irr.) to hear

¡oye! listen!
oveja (f.) sheep

P

paciencia (f.) patience
pagar to pay
página (f.) page
país (m.) country
palabra (f.) word
palmera (f.) palm tree
pánico (m.) panic
pantalón (m.) trousers, slacks
paquete (m.) package
para for, in order to (prep.)
parar to stop
pardo (-a) dark grey, brown
parear to pair, to couple, to match
parecer (zc) to seem
pared (f.) wall
partir to leave
partida (f.) departure
pasaje (m.) fare, passage
pasajero (m.) passenger
pasaporte (m.) passport
pasar to happen, to pass
pasearse to take a walk
pata (f.) foot
pato (m.) duck
patrulla (f.) patrol
pedazo (m.) piece
pedir (i) to request
peinador (m.) hairdresser
pelear to fight, to quarrel
peligroso (-a) dangerous
pensar (ie) to think
perder (ie) to lose
pérdida (f.) loss
perdonar to pardon, to excuse
perfecto (-a) perfect
periódico (m.) newspaper
perito (m.) expert
permanecer (zc) to stay, remain
permiso (m.) permission
permitir to permit
persecución (f.) persecution, pursuit
persona (f.) person
personaje (m.) person, character
peruano (-a) from Perú, Peruvian
pesado (-a) heavy
pesar (m.) grief, sorrow

pésimo (-a) very bad
peso (m.) currency of Mexico
pícaro (-a) rogue, rascal
piedra (f.) stone, rock
pieza (f.) piece, room
pilotear to pilot
piloto (m.) pilot
pino (m.) pine tree
pirámide (f.) pyramid
piso (m.) floor, apartment
placentero (-a) pleasant
placer (zc) to please
planear to plan
plano (m.) plain
plantar to stop, to plant
plata (f.) money, silver
plazo (m.) time, term
pleno (-a) full, complete
pobre poor, unfortunate
pocillo (m.) mug
póker (m.) poker
policía (m.) policeman
policía (f.) police
polvo (m.) dust
poner (irr.) to put, to place
por for, by, in (prep.)
por casualidad by accident
por supuesto of course
precio (m.) price
precioso (-a) cute, pretty
preciso (-a) precise, exact
preferir (ie) to prefer
pregunta (f.) question
preguntar to ask
preguntarse to wonder
premiar to reward
prender to start
preocupar to worry
presentar to present
presentir (ie) to have a presentiment, foreboding
presión (f.) pressure
prestar to lend
presumir to presume, to boast
primer(o)(a) first
primo (m.) cousin
principio (m.) beginning
prisa (f.) haste, speed
    a toda prisa with the greatest speed
prisionero (m.) prisoner
privado (-a) private
problema (m.) problem
profundo (-a) deep
promesa (f.) promise

pronto soon
a propósito by the way, on purpose
propuesta (f.) proposition
protesta (f.) protest
proveedor (-a) provider, supplier
provenir (ie) to originate, to come from
Providencia (f.) Providence
provisión (f.) supply, provision
prueba (f.) proof, test
publicar to publish
puerco (m.) pig, hog
pues well
punto (m.) point

Q

¿qué? what?
   ¿por qué? why?
   porque because
   ¿Qué pasa? What's happening?
quebrar (ie) to break
quedar to stay, to be
quejarse to complain
querer (ie) to want, to love
querido (-a) dear
¿quién? who?
quinientos (-a) five hundred
quitar to remove
quizás maybe

R

rabia (f.) rage
raro (-a) rare, strange
raso cloudless
rato (m.) little while, short time
ratón (m.) mouse
reacción (f.) reaction
realmente really
rebajar to reduce
recalentar (ie) to overheat
receta (f.) recipe
recibir to receive
recto (-a) straight
rechazar to reject
redondo (-a) round
reemplazar to replace
reflexionar to reflect, to think over
regalo (m.) gift
región (f.) region

remedio (m.) remedy
registrar to register
registro (m.) registration
regresar to return
regreso (m.) return
reja (f.) grating
rejilla (f.) small grating
relaciones (f.) personal relations
reloj (m.) watch, clock
reparar to repair
repetir (i) to repeat
reponerse (poner) to recover one's health
reportar to report
representar to represent
reservación (f.) reservation
residencia (f.) residence, home
respetar to respect
respuesta (f.) answer, reply
retardar to delay, retard
retener (tener) to retain
retirar to take away
retrasarse to be late, to fall behind
retraso (m.) delay
reunir to unite, put together
reventar (ie) to smash
revisar to inspect, examine
revista (f.) magazine
rico (-a) rich
ridículo (-a) ridiculous
rincón (m.) corner
robo (m.) robbery, robber
rodar (ue) to roll
rodilla (f.) knee
rogar (ue) to beg, beseech
rojo (-a) red
romper to break
rumbo a direction, in route to

S

saber (irr.) to know
sacada (f.) removing, taking
sala (f.) living room
salida (f.) exit
salir to leave
salud (f.) health
saltar to jump
saludar to greet
salvar to save
sangrar to bleed
sangriento (-a) bloody
sargento (m.) sargent

segundo (-a) second
seguridad (f.) security
sección (f.) section
secreto (m.) secret
seguir (i) to follow, continue

seguro (-a) certain, secure
seis six
selva (f.) jungle
sencillo (-a) easy, simple
sentarse (ie) to sit down
sentido (m.) sense, feeling
sentir (ie) to feel, to regret
seña (f.) signal, sign
señal (f.) signal
septiembre September
ser (irr.) to be
seriamente seriously
servir (i) to serve
servir (i) de to serve as
severo (-a) severe
sexto (-a) sixth
siempre always
sien (f.) temple (of the forehead)
silla (f.) chair
sillón (m.) large chair
simpático (-a) pleasant, agreeable, nice
sin without
sino but
sitio (m.) place
situación (f.) situation
sobre (m.) envelope
sobre about, on
soldado (m.) soldier
solo (-a) only, alone, sole
sombrío (-a) somber, gloomy
sonar (ue) to sound
sonreír (reir) to smile
soplar to blow
sordo (-a) deaf
sorprendente surprising
sorprender to surprise
sospechoso (-a) suspect, suspicious
su(s) its, his, their, theirs
subir to rise, to climb
subirse to climb into, to descend
suceder to happen, to occur
sucio (-a) dirty
suelo (m.) ground, floor, bottom
suerte (f.) luck
suficiente sufficient
sufrir to suffer
suma (f.) sum
sumamente additionally

supermercado (m.) supermarket
suplicar to beg, to appeal
suponer (poner) to suppose
sur (m.) south
susodicho (-a) aforesaid

T

tal such
también also
tambor (m.) drum
tampoco either, neither
tanto (-a) so much, as much
    mientras tanto meanwhile
tardar to take a long time, to be late
tarde (f.) afternoon
tarjeta (f.) card
taxista (m.) taxi driver
taza (f.) cup
teatro (m.) theater
telefonazo (m.) phone call
telefonear to telephone, to call
teléfono (m.) telephone
templo (m.) temple
tener (irr.) to have
    tener hambre to be hungry
    tener miedo to be afraid
    tener razón to be right
teniente (m.) lieutenant
terreno (m.) terrain
tesoro (m.) treasure
tibio (-a) tepid, likewarm
tienda (f.) store
timbrar to ring
tirar to throw
tirarse to lie down
tocar to touch
todavía still, yet
todo (-a) all
tomar to take, to drink
tono (m.) tone
tontería (f.) foolishness
tonto (-a) foolish, fool
trabajo (m.) work, job
traer (irr.) to bring
trago (m.) a drink
traicionar to betray
traje (m.) suit
tramo (m.) stretch, short distance
trampa (f.) trap, trick
tranquilo (-a) tranquil, peaceful

trapo (m.) rag
tras behind
tratar de to try (to)
tratarse de to deal with
tres three
tripulación (f.) crew
triunfante triumphant
trompeta (f.) trumpet
tu(s) your (fam.)
tumba (f.) tomb
turismo (m.) tourism
tuyo (-a) yours (fam.)

U

último (-a) last, latest
un, uno, una a, one
único (-a) only, unique
uniforme (m.) uniform
urgente urgent
útil useful

V

vaciar to empty
vacío (-a) empty
valer (irr.) to be worth
valiente valiant, brave
valor (m.) value
vecino (m.) neighbor
veintiuna 21 (card game)
vela (f.) candle
    noche en vela night awake

velocidad (f.) speed
vendedor (m.) seller, peddler
vender to sell
venezolano (-a) Venezuelan
vengarse to take revenge on
venir (irr.) to come
ventaja (f.) advantage
ventana (f.) window
ventear to toss in the wind
ver (irr.) to see
verdad (f.) truth
verdaderamente truly, really
verificar to verify
vestido (m.) dress
vez (f.) time
    otra vez again
    tal vez perhaps
viaje (m.) trip
vibrar to vibrate
viejo (-a) old
vigilar to watch
visita (f.) visit
visitante visitor
visitar to visit
vivir to live
volar (ue) to fly
voltear to turn, to roll over
volver to return, to turn
voz (f.) voice
vuelo (m.) flight

XYZ

ya already, now
ya no no longer